Renato Fucini

Le veglie di Neri

Texte et illustration de couverture : © domaine public
Edition : Culturea (Hérault, 34)
Contact : infos@culturea.fr
Retrouvez notre catalogue sur http://culturea.fr
Imprimé en Allemagne par Books on Demand
Design typographique : Derek Murphy
Layout : Reedsy (https://reedsy.com/)

Dépôt légal : janvier 2023

ISBN : 9791041843725

Il Matto delle giuncaie

Quella sera non stavo bene di spirito. Alla smodata allegria d'un intiero giorno passato sulle praterie in mezzo a cari amici, laggiù convenuti per esser pronti la mattina dopo ad aprire la caccia, era subentrata una profonda tristezza, alimentata forse dalla scena mestissima d'un tramonto di sole in padule.

Alcuni de' miei compagni, occupati in varie faccenduole riguardanti la caccia del domani, si erano accoccolati sull'erba, smontando schioppi, lustrando fiaschette, facendo cartucce e tante altre simili cose; altri, stanchi, s'eran buttati sopra uno strapunto di paglia nella Casina delle Guardie e s'erano addormentati; ed io, senza avvedermene, avevo preso lungo l'alberata e, passo passo, m'ero allontanato d'un buon tratto, quando, accortomi di non esser seguìto da nessuno, provai come un senso di repugnanza ad inoltrarmi maggiormente in quella solitudine; ma siccome ero stanco, prima di tornare indietro, mi fermai un poco per riposarmi.

Seduto sull'argine erboso d'un canale, lasciavo correre l'occhio smarrito su quella immensa superficie d'acqua stagnante e di lunghe cannéggiole, e fantasticando dinanzi a quel malinconico quadro, richiamavo alla mente i più minuti ricordi della prima giovinezza, e per un misterioso fenomeno psicologico, anco le più liete memorie prendevano in me in quel momento l'aspetto di tristissime cose. E mi sentivo stringere il cuore, e quasi avrei pianto senza saperne di perché.

Il caldo era soffocante e non dava respiro nonostante una leggera brezza di marino che sulla sera si era alzata languida languida e che, insieme con qualche raro fischio di uccelli palustri, rompeva l'alto silenzio di quella deserta pianura, correndo fra i biódi e le cannéggiole che, tremolando e lievemente fra loro percotendosi, mandavano un rumore come d'una moltitudine che lontana lontana applaudisse gridando e battendo le mani.

A mano a mano che il sole calava dietro le colline dal lato opposto del padule, si stendeva su quello un leggiero velo di nebbia bianchiccia, rendendo di minuto in minuto più squallida la scena che mi stava davanti.

Ed intanto io pensavo; e quasi che un velo di nebbia si addensasse anche su i miei pensieri, mi si affollavano alla mente mille idee confuse e ondeggianti, che rapidamente passavano per dar luogo ad altre più delle prime annebbiate, confuse ed incerte. E quel vasto campo che un istante prima mi parlava di morte, lo vedevo ora popolato da una quantità innumerevole di pallide e rabbuffate figure padulane dalla fibra d'acciaio e dall'animo generoso e feroce, nel petto delle quali le passioni scoppiano con tal violenza, che il delitto ne diventa spesso il termine funesto. E idillj soavi e drammi sanguinosi si svolgevano dinanzi alla mia immaginazione, e la tristezza intanto si faceva maggiore nell'animo mio, quando una voce di fanciulla, di una di quelle tante miserabili che vivono felici in quell'ambiente mefitico i mesi e gli anni interi, lavorando con l'acqua fino alla cintola e il fango fino alle ginocchia, intonò un canto malinconico, piano come la superficie dello stagno, lento come le acque del canale, e portò fino a me queste dolenti parole:

> È morto l'amor mio che amavo tanto:
> Ahi! dal dolor più reggere non posso;
> L'han portato laggiù nel camposanto,
> E gli han buttato anco la terra addosso.
> Dimmelo te, te che lo sai, gran Dio,
> Se mai lo rivedrò l'angiolo mio;
> Dimmelo te, gran Dio... ma il mio lamento
> Vola e si perde sull'ali del vento.

«Ho bisogno di veder gente... ho bisogno di rivedere i miei amici... mi annoio, mi annoio, mi annoio troppo.» E così pensando mi alzai, e con passi concitati tornai al punto di convegno.

«Son tutti a dormire», mi disse una guardia.

«Come! così presto?», osservai.

«Cascavano a pezzi. O lei non va?»

«No.»

«O che vòl fare?»

«Non lo so nemmen'io; ma qualche cosa inventerò: non ho sonno.»

«Vòl venire con me? vado a rivedere i bertuelli.»

«Se mi lasci andar solo, vado; con te non vengo.»

«Ma sarà bono di maneggiare il barchino?»

Lo guardai ridendo.

«O senta, veh. Una dozzina sono nel canaletto subito dopo il ponte; altri sei a quello degli Sparacannelle, e due, quelli meglio, al canale traverso... Che lo sa il canale traverso?»

«Non me ne ricordo, ma ne domanderò.»

«O a chi ne vòl domandare?»

«Ho sentito cantare...»

«Ah, sì ha ragione! c'è quelle donne; eppoi a quest'ora, verso le Svolte, troverà il Matto di certo.»

Una mezz'ora dopo, aiutandomi col forcino a sfondare le foglie di copripentole e quei viluppi foltissimi di alghe d'ogni genere che nell'estate permettono appena la navigazione negli stretti fossi del padule, avevo già vuotato sul pagliòlo una dozzina di libbre di pesce fra lucci, tinche e anguille, quando, non sapendo dove trovare chi mi indicasse il canale traverso, mi alzai in piedi per vedere se potevo scorgere anima viva da domandarglielo...

«Che ci ha una pipata di tabacco?»

A quella voce che si partiva da un folto cespuglio di salci, mi scossi quasi impaurito e, voltomi indietro, vidi una figura semiselvaggia che, mostrandomi una pipa spenta, aspettava la mia risposta.

«Tabacco non ne ho», risposi. «Se vuoi un sigaro...».

«E allora lo ringrazierò. Lo butti, lo butti.»

«Non vorrei che andasse nell'acqua.»

«O aspetti, veh.»

Così dicendo si alzò e reggendosi con la destra ad un ramo, si spenzolò tenendo nella sinistra il cappello, e:

«Lo butti, lo butti qui; se va nell'acqua lo ripiglio io».

Tirai il sigaro nel suo cappello; lo prese e mi ringraziò di nuovo, mettendosi subito a stritolarlo nella pipa.

«Che vado bene per andare al canale traverso?»

«Sissignore; eccolo subito lì... O chi è lei?»

«Sono il figliolo del sor Giuseppe.»

«Senti, senti! Del sor Giuseppe! O il sor Federigo come verrebbe a essere di lei?»

«Zio. O che lo conosci?»

«Se lo conosco! Siamo stati ragazzi insieme e mi rammento di quando veniva in padule... Ah!» e mandò un sospiro.

«Sarà ora un affar di trent'anni.»

«Non per sapere i fatti tuoi, o tu chi sei?»

«Oh! non se ne dia pena, di saperlo.»

«E perché?»

«Perché... perché... Che ci ha un fiammifero?»

«Tieni. O che mestiere fai?»

«Ott'anni sono stato in galera; dopo andai guardia con un signore... e ora pesco e vo a caccia.»

«In galera?!...»

«Ah! non abbia paura. Lo vede questo ràgnolo che mi rampica su per le gambe? non l'ammazzerei per tutto l'oro del mondo... ci hanno a essere anche loro, povere bestie! ma se mi pinzasse, oh! allora...»

«Otto anni in galera! O come mai? Forse qualche sbaglio di gioventù?»

«Sbaglio?! L'ammazzai quel cane... Lì... guardi... lì era quel demonio... e m'impostò lo schioppo, e rideva e il pinsacchio restò a lui... ma non lo mangiò!»

«Come! E un miserabile pinsacchio fu la causa...?»

«Non mi pigli per un assassino, signore; non mi pigli per un òmo disonorato... Bisognerebbe saperle tutte, bisognerebbe... La faccia l'avrò brutta, ma me l'hanno fatto diventar loro... E ho voluto tanto bene a tanti! E chi chiedeva un piacere a quest'assassino, lo veniva a conoscere se dentro a queste costole c'era qualcosa... E ora mi chiamano il Matto!»

«Ah! sei il Matto delle Giuncaie?»

«Sissignore. E patisco la fame, capisce? la fame; e non ho fatto mai male a nessuno... Eh! a lui sì, glielo feci;... ma la volle, la volle... glie l'avrebbe tirata anche la Santissima Vergine.»

«Ma dunque, racconta...»

«O andiamo, via; mi servirà anche di sfogo, perché n'ho bisogno... Ah!... lei non l'ha conosciuta di certo, ma non importa. Era bionda e si chiamava Stella, ma le stelle eran meno belle di lei. Cantava sempre e io passavo le giornate intere acquattato tra i giunchi per starla a sentire. Ma un giorno non potei più reggere e glielo dissi. Lei cominciò a piangere e scappò via, e io stetti quasi un mese senza rivederla, ché tutti mi domandavano cosa avevo fatto, perché, dice, ero diventato che parevo un morto... Io avevo diciannov'anni e lei quindici... La vede quella cappellina bianca?... è sotterrata lassù!... Ah! lei signoria non l'ha conosciuta. Son già passati dodici anni e se fossi com'un pittore la dipingerei.

Finalmente una sera trovo su' padre, e mi dice: "Che è vero che vo' discorrereste volentieri colla mi' Stella?". Io, da primo restai un po' abusato ma poi dico: "Sì". "Dunque", dice lui, "state a sentire. Dispiacere non mi dispiacete, perché de' fatti vostri nessuno m'ha detto nulla di male, ma a mezzi come si sta? Io a quella ragazza qualche soldarello glielo darò, non gran cosa, ma insomma...".

Cotesta sera si fissò tutto. Lui mi disse che pensassi a trovare i mezzi di metter su un po' di casa; lei mi disse che mi voleva bene, e la mattina dopo, avanti giorno, ero già per strada che andavo in Maremma a lavorare. Abbia pazienza, che ci ha un altro fiammifero?...

Dopo un anno e mezzo tornai... Arrivo a casa... picchio, e la mi' povera mamma bon'anima (non avevo altro che lei) mi viene ad aprire. Appena mi vede, senza dirmi nulla, mi si butta al collo e comincia a piangere.... Se non mi venne un accidente fu un miracolo del Signore! "È morta?", urlai... Dio lo volesse che fosse stato vero! Avrebbe patito meno anche lei, povera creatura, e forse chi sa?... Ma Dio benedetto, però, ci pensò lui a quel cane di vecchio, perché il giorno preciso dell'anello, appena esciti di chiesa, lo prese un accidente a gocciola e crepò nel mezzo di strada com'un rospo!»

«O come mai? e allora perché promettere?...»

«L'interesse, capisce, l'interesse! Gli venne fra' piedi quell'altro infame a fargli vedere una casuccia e qualche cento di scudi, e quell'aguzzino di vecchio... Già è meglio che mi cheti perché è morto... e ai morti c'è chi ci pensa.

A me mi venne una malattia che mi tenne a letto tre mesi. Patii dimolto, ma mi chiusi tutto nel core, perché ormai non c'era rimedio, e lei, poverina!, che non ci aveva che fare, era più disgraziata di me e non gli volli dare altri dispiaceri.»

A questo punto tacque; si alzò in piedi, dette un'occhiata in giro al di sopra delle piante palustri, e ricadde a sedere con le braccia incrociate sulle ginocchia e il mento su quelle, quasi aggomitolato sopra se stesso, fissando nell'acqua gli occhi invetriati.

A che pensavo io? Quale poteva essere la causa di un brivido che mi gelava? Il ribrezzo o la compassione? Non lo so... L'avrei volentieri invitato a seguitare, ma non me ne dava il core. Dopo qualche momento, però, sempre tenendo gli occhi ficcati al suolo, proseguì:

«Doveva finire a quella maniera!... Sapevo che lui se n'era anche vantato e m'era stato perfino fatto risapere che mi voleva far cavare il sonetto! ... Ma io li scansavo tutti e due, perché non lo sapevo dove sarei andato a cascare se mi fossi combinato faccia a faccia con lui; e per un pezzo mi riescì, ma poi...

La prima fu lei, che me la trovai quanto di qui a lì per la processione delle Rogazioni. Non l'avevo nemmeno riconosciuta: povera Stella, non aveva altro che gli occhi! La guardavo fissa fissa, perché mi pareva e non mi pareva, e quando mi passò davanti fece le viste di accomodarsi i capelli e inciampò due o tre volte e gli cascò la candela di mano: io mi messi la pezzòla in bocca e la morsi com'un cane arrabbiato per non urlare. Chi mi riportasse a casa cotesto giorno non lo so!».

A questo punto alzò di nuovo la testa per guardarsi d'intorno; scosse con un movimento convulso la cenere della pipa e dopo un sospiro che parve un ruggito, seguitò:

«Poi rintoppai anche lui... la mattina dopo!... Quando si levò il pinsacchio s'era nel folto, e io non avevo visto lui né lui aveva visto me. Gli si tirò quasi insieme; io un batter d'occhio prima di lui, e non lo sbagliai di certo. Mi ficco giù per le cannéggiole, faccio una diecina di passi e me lo trovo davanti!... Anime sante del Purgatorio, che v'avevo io fatto di male?

Il prim'impeto fu di tirargli, ma Dio benedetto mi dette tanta forza che mi voltai per tornare indietro. Quest'assassino, che avrebbe dovuto attaccare il voto alla Madonna del Rosario, cosa ti fa? Comincia a ridermi dietro e a urlare: "T'avevi a provare a raccattarlo, pezzo di galeotto, eppoi...". "Io in galera e te all'inferno!", urlai, e gli lasciai andare la canna mancina nel core... Gli avrebbe tirato anche lei, dica la verità, gli avrebbe tirato anche lei!».

Così dicendo, cominciò a gesticolare come un ossesso e saltò, per andarsene, nel suo barchino, sempre guardandosi d'intorno quasi che uno spettro lo perseguitasse.

«Pare che tu abbia paura di qualche cosa; perché vai via?», gli domandai.

«Mi lasci andare, mi lasci andare, m'è parso di sentirla di certo.»

«Ma che cosa?»

«Lei, la su' sorellina minore che canta come cantava lei.»

«Ma io non sento nulla.»

Stette un po' in orecchio, e:

«Ha ragione; m'era parso».

Io che mi struggevo di sentirlo dell'altro raccontare, lo tentai di nuovo così:

«E dopo quegli otto anni, andasti guardia con quel signore, eh?».

«Sì.»

«Eppoi venisti via anche da lui?»

«Mi mandò via.»

«Ah! e perché?»

«Da tanto che mi voleva bene, tutti gli altri servitori s'erano perfino ingelositi di me: mi rivestì tutto da capo a piedi; mi regalò un bello schioppo, eccolo qui: mi dette anche l'oriolo e mi menava sempre con sé, e quando veniva de' signori di fòri, mi mandava a chiamare perché ci discorressi. E il giorno che gli ripresi il su' figliolo che era cascato nel pollino cominciò a piangere e mi baciò e mi disse che sare' morto in casa sua.

Cotesta sera fu di cattivo augurio. Arrivò un branco di signori di Volterra e uno di questi mi guardò tanto, fisso fisso...

La mattina dopo, quando m'aspettavo che il padrone m'ordinasse di menarli a caccia, mi sento invece chiamare dal fattore nello scrittoio e mi dice: "Il padrone ha saputo tutto: dice che gli dispiace, ma che vi dà licenza subito, sul tamburo! A voi, questo è il vostro schioppo e queste son cinquecento lire che vi regala"

Le cinquecento lire non le volli; presi solamente lo schioppo e me ne venni.»

Fece una breve pausa; s'asciugò il sudore con una manica della cacciatora e continuò:

«Ora son nov'anni che son qui! mi chiamano il Matto; mi rincorrono, m'urlano dietro e mi tirano le schioppettate da lontano per farmi paura. Ma me le merito, perché dopo ammazzato lui, invece d'andare dal maresciallo a farmi pigliare, mi dovevo legare un sasso al collo e farla finita».

«Ma se tu avessi un bisogno... nel caso d'una malattia non hai un parente?»

«Nessuno!»

«Nemeno un amico?»

«Un amico sì; e che amico! Lo vòl conoscere?»

Fece un fischio, e sbucò, sguazzando nell'acqua fino alla pancia, un vecchio restone, quasi non reggendosi in gambe, il quale movendo festosamente la coda, andò con fatica a mettere le zampe davanti sul barchino del suo padrone, e guardandolo con occhi lustri, mandò con voce rauca un latrato di gioia.

Il Matto lo accarezzò ruvidamente tirandogli un orecchio; e siccome il cane sentì male, si mise a guaire.

«Zitto, zitto, Moro!», disse il Matto. «Eppure lo sai che se qualcuno ci sente, bisogna scappare, se non si vòl essere impallinati. Tieni, povero vecchio!»

E così dicendo, gli buttò un tozzarello di pan secco, che sparì, senza toccargli un dente, nella gola del povero Moro, come un sasso buttato nell'acqua.

Il cane rimase un momento a guardarlo con la testa alta e legermente inclinata sopra una parte, come per domandargli: «Ce n'è altro?».

Il Matto guardò lui con tenerezza e scotendo il capo, rispose sospirando: «Per oggi, no».
«Gli vuoi bene a cotesta bestia?», domandai.
«Più che all'anima mia.»
«Lo venderesti?»
«Piuttosto l'ammazzerei!»
«O se ti morisse?»
«Morirei anch'io.»
In questo momento lo vidi puntare il forcino con furia vertiginosa, e, datasi una vigorosa spinta, si dileguò come un fantasma tra i ciuffi di vetrice e la nebbia che si era fatta foltissima, mentre una lieve folata di vento mi portò all'orecchio ma quasi impercettibile, la voce della fanciulla che ripeteva la sua canzone:

    Dimmelo te, gran Dio... Ma il mio lamento
    Vola e si perde sull'ali del vento.

Circa due mesi dopo, tornando in padule domandai alla solita guardia:
«O il Matto?».
«Glielo dicevo che era mezzo stregone quel brutto coso?... O che non ne sa nulla?»
«No...»
«O di quel canaccio nero che aveva, se ne rammenta?»
«Quel restone vecchio?»
«Sissignore. Cotesto serpente, gli cascò morto di vecchiaia, di cimurro, di fame, o che lo so? e quattro giorni dopo fu trovato stecchito anche lui nelle giuncaie mezzo mangiato dagli animali... Dica la verità, ci ha avuto piacere anche lei?!»
Non risposi e mutai discorso.

Perla

«Secondo me, siccome son tre o quattro giorni che non fa altro che passar militari che vanno alla finta battaglia, questo qui lo deve avere smarrito di certo qualche uffiziale, perché, lo so, que' signori ci ambiscono a tenere di questi animali buffi. Ma guardi com'è festoso! Io lo terrei magari per me, ma è proprio un peccato che non abbaj punto, perché io sul barroccio ho bisogno di tenerci un cane che quando s'accosta gente si faccia sentire, se no, addio la mi' roba. L'avrebbe a pigliar lei, vede. E a lei glielo do volentieri anche per nulla.»
Così mi diceva una mattina Pasquale barrocciaio, che incontrandomi per la strada aveva fermato il mulo per mostrarmi un bel cagnolino da lui trovato la sera avanti sul greto d'Arno, mentre era per buttarsi nell'acqua e traversare il fiume a guado.
«Lo prenderei tanto volentieri», risposi, «perché dopo esser così festoso è anche d'una razza molto rara; ma, che vuoi? fra grossi e piccini ce n'ho cinque per la casa, e non ho voglia davvero di mettermi d'intorno un'altra di queste seccature.»
«Guà! mi rincresce. A lei signoria gliel'avré dato dimolto volentieri.»
«Ti ringrazio, Pasquale.»
«O andiamo. Dunque, mi comanda nulla lei, di lassù?»
«Se vedi il sor Luigi e il sor Roberto, salutameli tanto.»
«Non pensi, sarà servito. A rivederlo signoria. Là, Giovanni, là, s'è fatto tardi.»
E accompagnando con una frustata queste ultime parole che erano rivolte al suo mulo, si allontanò.
Quello che segue, lo seppi qualche giorno dopo.
Circa due miglia lontano dal punto dove c'eravamo lasciati, Pasquale trovò da esitare il cane per una dozzina di carciofi a una famiglia di contadini che stavano lungo la via maestra. Concluso il contratto con la consegna del cane da una parte e dei carciofi dall'altra, il capoccia chiese al barrocciaio:
«Dico bene: o come si domanda egli quest'animale?».

«Io lo chiamavo Pillàcchera, perché quando lo trovai era più lercio del fruciandolo del forno; ma se poi questo nome non vi garbasse...»

«E allora si chiamerà Pillàcchera anco noi. To', Pillàcchera, to'.»

E il canino corse a leccare la mano del nuovo padrone che lo menò in casa.

Il povero Pillàcchera non dette nel genio al resto della famiglia: ed anche lo stesso capoccia, dopo il mezzogiorno, aveva già cominciato a lavorare di pedate alla sua usanza, perché l'aveva visto ricusare un pezzo di pan nero e non aveva voluto abbaiare dietro al calesse del fattore.

Ai giovani non piacque, perchè quando si doveva prendere un cane, dissero loro, era meglio prenderlo da caccia.

La massaia poi era implacabile. Con quella dozzina di carciofi attraverso all'anima, diceva che cani a quella maniera non n'aveva mai visti; ma sopra tutto, poi, quel pelo lungo che gli nascondeva affatto gli occhi, era per lei qualche cosa che non le voleva andar giù in nessuna maniera.

Pillàcchera passò la giornata fra 'l dolore d'una pedata e la paura d'averne un'altra. Finalmente, sulla sera, la famiglia si radunò tutta in cucina per la cena. Dopo aver messo in tavola il tegame della minestra, la massaia s'accostò al capoccia che stava pensieroso nel canto del fuoco, e gli disse in tono burbero all'orecchio:

«O voi l'avete preso l'ulivo benedetto?».

«Per che farne?»

«A voi; e tenetevelo addosso, vecchio grullo! e datene una foglia per uno anche a que' ragazzi.»

Si misero a tavola serî e molto sospettosi, serrandosi l'uno addosso all'altro, perché ormai, col calar della sera, s'era fortemente insinuato nell'animo di tutti il dubbio d'essersi messi le streghe in casa. Masticavano scongiuri, facevan corna ad ogni momento, e pareva loro mill'anni d'arrivare in fondo alla cena per dire il rosario.

In un momento di silenzio, Pillàcchera, che s'era rintanato sotto la madia, stimolato dalla fame, escì di là sotto adagio adagio e inosservato; e cercando forse di mettere a profitto una delle sue abilità per intenerire i nuovi padroni, si mise in mezzo alla stanza, ritto sulle gambe di dietro.

Un grido straziante escì dal petto della massaia; tutti impallidirono e quasi fuori di sé si precipitarono spaventati, facendosi segni di croce e urlando «misericordia!», verso un crocifisso che pendeva ad una parete della stanza.

Pillàcchera rientrò spaurito sotto la madia.

«Animo, Angiolo!», disse il capoccia al maggiore de' suoi figlioli. «Io, con quell'animale in casa la nottata non la passo. Fànne quel che ti pare, ma levamelo di lì.»

Angiolo non rispose.

Il capoccia che intese di che si trattava, replicò:

«Se hai paura, piglia con te chi ti pare, ma levami quella bestia di casa, se no mi danno».

Angiolo legò il cane con una cordicella e s'avviò, strascinandoselo dietro, verso l'uscio, fra le imprecazioni dei rimasti, mentre la massaia non trovando altro che le venisse alle mani o forse annettendoci qualche importanza antidiabolica, si levò uno scarpone di vacchetta e lo tirò con tanta rabbia contro il povero Pillàcchera, che lo ridusse ad allontanarsi zoppicando e mandando lamentosi guaiti.

Angiolo ed il suo compagno tornarono presto e con aria molto soddisfatta; la cena fu terminata tranquillamente, ed il rosario, cotesta sera, fu detto di quindici poste.

Il giorno dipoi, su tutte le cantonate del paese vicino si leggeva quest'avviso:

Quattrocento lire di cortesia a chi riporterà al Comando militare una cagnolina maltese di pelame bianco finissimo, che risponde al nome di Perla. Oltre che alla detta somma, colui che la riporterà, avrà diritto alla imperitura gratitudine del proprietario.

Passarono tre giorni, e nessuno comparve al Comando militare.

Intanto, nella famiglia dei contadini, dopo che ebbero saputo dell'avviso, seguirono violentissime scene che dettero poi motivo al padrone di licenziarli dal podere ed alla massaia di convincersi sempre più che il diavolo in forma di cane era stato in casa sua.

Quello stesso giorno fu veduto un Colonnello d'artiglieria percorrere ansante le vie del paese, parlare concitato con Pasquale e dopo poco, con aria lietissima, entrare con lui in un legno di vettura e prendere la via della campagna.

Il vento della mattina, impregnato del profumo dei fiori di mandorlo, si divertiva ad arruffare i folti baffi del Colonnello, tutto buonumore, offrendo a Pasquale un sigaro d'avana gli domandava:

«Che è molto distante?».

«Neanche quattro miglia. In una mezz'ora siamo lassù.»

«E l'avranno sempre loro, ne siete proprio sicuro?»

«Perdinci bacco! o che n'hanno a aver fatto?»

In un trasporto d'allegrezza il Colonnello abbracciò Pasquale; gli parlò dell'affezione di sua figlia per la piccola Perla e dello stato di disperazione nel quale da tre giorni si trovava; lodò il sistema toscano della mezzeria e parlò con entusiasmo dell'indole mite e de' costumi semplici e patriarcali de' nostri contadini.

Il cavallo intanto divorava la via a trotto serrato, e dopo poco, di sopra ad una svoltata a secco della strada, dalla quale si dominava la vallata, Pasquale gridò:

«Eccola laggiù!».

«Chi?», domandò con impeto il Colonnello.

«La casa...»

Dieci minuti dopo erano già arrivati. Il Colonnello tirò fuori il portafogli perché era impaziente di ricompensare, così diceva lui, quelle buone creature; saltò dal legno e tutto lieto corse incontro alla massaia che era comparsa arcigna sulla porta. Dopo che ebbero scambiato fra loro poche parole, la massaia rientrò in casa brontolando e voltandosi indietro a squadrare sospettosa il Colonnello che immobile e taciturno era rimasto a guardarla con le braccia incrociate sul petto.

Pasquale, che aveva osservato attento quella scena scacciando le mosche al cavallo: «Dio del cielo!», gridò a un tratto spaurito, «o che è stato?».

«Queste buone creature!...», esclamò il Colonnello con angosciosa ironia. «Queste buone creature!»

E stringendo convulsamente il portafogli, tornò frettoloso alla vettura...

La povera Perla, sotto il nome di Pillàcchera, già da tre giorni dormiva accanto alle radici d'un olivo, con la testa fracassata da un colpo di vanga.

In quella casa ora ci si sente, e nessuno dei dintorni s'azzarderebbe a dormir solo in una certa camera, nemmeno per tutto l'oro del mondo. Eccone le cause.

Dopo quel fatto, ogni volta che un cane passava davanti alla casa del contadino, tutti gli uomini gli erano dietro per prenderlo: ma per qualche tempo fu possibile d'agguantarne nemmeno uno. Finalmente uno si lasciò prendere, ma con gran fatica, e dopo aver addentato ripetutamente il capoccia alle gambe ed alle mani.

Costui aspettò ansioso il desiderato avviso su le cantonate, ma comparve invece un certo malarello che in tre giorni lo mandò nel mondo di là, senza che nemmeno al Priore potesse riuscire di fargli prendere l'ostia consacrata.

«Neanche nell'acqua! capisce?», mi diceva Pasquale con gli occhi stralunati dallo spavento, «neanche nell'acqua, Dio del cielo! ci fu verso di fargliela ingozzare! E quando la vedeva: mugli che pareva un liofante... Arrabbiato?... O senta, veh! il dottore è padrone di dire quel che gli pare e piace; ma quello lì, e giocherei la testa, è morto, Gesù ci liberi tutti, dannato!»

Lucia

Con la sua voce d'argento chiamò: «Bianchina, Bianchina» e rimase attenta ad ascoltare... Un merlo, spaurito, fuggì chioccolando da un cespuglio prossimo alla rupe, in vetta alla quale stava Lucia chiamando la sua capretta, ma la capretta non rispose. «O Dio! chi mi rende la mia Bianchina? Chi mi rende la Bianchina mia?» e ponendosi afflitta a sedere, col mento appoggiato ad una mano, tende l'occhio addolorato alle pendici del colle e tristemente si abbandona ai suoi pensieri.

Il sole bacia le sue spalle nude, e la brezza della sera la investe fasciandole i panni alla persona elegante e le assalta briosa la chioma, come se volesse rubarle quel fiore dei campi che agitato rosseggia fra le sue lucide trecce.

Come sei bella in mezzo alla primavera, o fresca Lucia! e sei sola sulla terra, povera Lucia!

Il padre suo morì di febbre in Maremma: la madre è lontana, ha la sua casetta su quelle montagne azzurre laggiù in fondo in fondo, ed è vecchia per gli stenti ed inferma... se a quest'ora non è già a riposarsi nel cimitero di fianco alla chiesa. E il fratello? Chi sa! Andò soldato; lo mandarono di là dal mare; e non ha scritto più nulla da due anni... dove sarà?

Cacciata dal bisogno, dopo aver abbracciato i suoi cari, scese dalle montagne natie, ed ora, garzona di un contadino delle valli, fila, guarda quei monti lontani e guida le capre alla pastura.

La madre ed il fratello erano così da lei chiamati, ma non erano tali. L'avevano allevata e tenuta cara finché l'Ospizio dei Trovatelli passò loro quindici lire al mese; dopo, con un tozzo di pane ed un paio di scarpe nuove, le insegnarono la strada, e serrandole dietro la porta: «Dio t'accompagni, bambina mia!» e Lucia scese al piano ed ora fila, guida le capre alla pastura e guarda quei monti lontani.

«Se ritorni senza la capra, pover'a te!», le ha detto dianzi Rosalba cacciandola a spintoni fuori della stalla. E Lucia lo sa che cosa l'aspetta se la capretta fosse smarrita per sempre; lo sa, e col mento appoggiato sopra una mano tende l'occhio addolorato alle pendici del colle e pensa e singhiozza.

«Se non ritrovo la mia capretta, stasera non mi daranno da cena e Rosalba mi picchierà come l'altra volta... mi fece tanto male al petto! O Dio, Dio!»

Un ramarro, verde come le foglie del fico selvatico sul quale si era arrampicato per cercare gli ultimi raggi del sole cadente, vibrando la lingua veloce, la fissava, non visto, coi suoi occhi d'ebano, e Lucia singhiozzando pensava:

«Mi manderanno via... domani! forse stasera! e non ci ho colpa. Le ho munte stamani alle sei, le ho contate e c'erano tutte... Dodici lire! e dove le trovo per dire a Rosalba: "Tenete; la capra è smarrita e queste sono le dodici lire che costava?". Non mi daranno da cena; Rosalba mi picchierà e mi chiameranno... O Dio, Dio!».

Una folata di vento più forte le portò via il fiore dai capelli; si alzò lesta per riprenderlo e il core le fece un balzo d'allegrezza al rapido fruscio che sentì tra le foglie a pochi passi da lei e credé ritrovata la sua capretta. Il ramarro, spaventato dal movimento di Lucia, s'era lasciato cadere dal ramo del fico selvatico, e, strisciando come una saetta, era corso a rifugiarsi nel cavo d'una ceppa di castagno.

Raccolse il fiore e se lo accomodò più forte tra i capelli. A Lucia era caro quel fiore come tutti gli altri che ogni mattina coglieva per adornarsene il capo e per offrirli la sera alla Madonna che pendeva a capo del suo letticciuolo. Anche quella sera non sarebbe mancato alla Vergine l'omaggio di quel povero fiore.

Lucia guardò il sole, e vedendo il suo disco mezzo tuffato sotto l'orizzonte lontano, sentì il proprio sgomento farsi maggiore e disperata chiamò per l'ultima volta: «Bianchina, Bianchina mia, teeeh!».

Un leggiero belato si udì ad un trar di ramo da lei; un lampo di gioia le balenò nei limpidi occhi celesti e, tra le spine, tra i sassi, attraverso ai rovi, ferendosi i piedi scalzi e gridando allegramente: «Bianchina, Bianchina bella, Bianchina mia», corse affannata verso il cespuglio dal quale era partito il belato, e, ficcandosi smaniosa tra i suoi rami fronzuti, sparì fra quelli tutti lieta, e sorridente.

Lucia dall'alto della sua rupe non aveva scorto due occhi umani che da un'ora lacrimavano di stanchezza, avventando faville assetate agli occhi suoi, alle sue spalle, al suo colmo seno, e credé messo dalla sua capretta il belato che il ruvido Tonio scaltramente aveva imitato, ed era corsa... ed era corsa, povera Lucia! lieta e sicura, come l'usignolo innocente corre gorgheggiando nella bocca del rospo che digiuno lo guarda.

Il vento è cessato; di quel ciuffo di frassini nessuna foglia si muove, e il sole già tramontato si tira dietro gli ultimi lembi del suo manto di luce.

Appena scesa la notte, la capra tornò belando alla casa in cerca delle sue compagne. Tutti le mossero lieti incontro; Lucia sola non si mosse né si rallegrò. Aveva il viso acceso, un livido in una gota e i capelli e le vesti in disordine... «Se ti senti male, va' a letto», le disse Rosalba fattasi cortese dopo il ritorno della capra. E Lucia s'avviò stanca alla sua cameretta... Cercò il fiore per offrirlo alla

Regina degli Angioli, ma l'aveva perduto! Sentì una stretta al core, dette in uno scoppio di pianto e cadde sul suo letticciuolo dove aspettò il giorno spasimando.

Tonio quella sera non aveva sonno. Aguzzò tutti i pali per i gelsi della colmata; rifece la traversa all'erpice vecchio e fino al tocco dopo la mezzanotte rimase a frescheggiare sull'aia, cantando a gola spiegata.

Era uno stellato di paradiso.

L'oriolo col cucùlo

I tre soliti scoppi di frusta convenzionali dati dal braccio robusto di Fiore si fecero finalmente sentire; la vecchia e fida Gigia si mise al galoppo scotendo allegra la groppa umida e fumante; Fiore sbadigliò pensando alla cena, e il sor Pasquale, levando per un momento la destra, che il freddo gli aveva intorpidita, dall'involto che gelosamente si teneva sulle ginocchia, s'asciugò con un moto rapido il naso, e con altrettanta rapidità la rimise al posto, brontolando un «Oh!» di compiacenza che voleva dire: «Finalmente siamo arrivati!».

In quello stesso momento, alla quiete ordinaria che aveva regnato dalle ventiquattro in poi nella casa del sor Pasquale, successe un movimento rumoroso: i ragazzi cominciarono a strillare, Toppa s'avviò latrando incontro al calesse del padrone e la sora Flaminia corse in cucina a buttar giù ogni cosa. Buttò giù nella pentola i taglierini fatti in casa colle sue proprie mani; buttò giù nel paiolo che brontolava da un pezzo il cavol fiore còlto nel suo campicello della fonte; buttò in padella quattro manate di bròccioli saltellanti, pescati la mattina da' suoi ragazzi; buttò giù quella po' di dose di malumore che aveva messa insieme nel veder passata d'una quarantina di minuti l'ora solita del ritorno del suo marito dal mercato di Cutigliano, e attese seriamente a dare l'ultima mano alla sua faccenda prediletta.

Cinque minuti dopo la Gigia, che fu tirata subito in rimessa per non lasciarla così sudata alla brezza tagliente della montagna, rispondeva soffiando e dimenando gli orecchi alle sgarbate carezze dei monelli di casa e alle linguate di Toppa, che non era tanto per saltare addosso al padrone, a Fiore e al muso della cavalla.

Ma quella sera, o almeno in quel momento, il sor Pasquale non voleva carezze né dai figlioli né dal cane. Domandò che ore erano, brontolò una buona sera a' suoi ragazzi, dette un'ombrellata a Toppa e corse subito in camera col suo misterioso fagotto.

La sora Flaminia, che lo aspettava a stirizzirsi alla fiammata del fritto, restò sorpresa di non vederlo comparire in cucina; ma pensando che fosse andato subito a levarsi da dosso i panni fradici, continuò a soffiare nel fuoco e a tirare avanti la cena, che in quel giorno, come in tutti gli altri di mercato, diventava un vero e proprio desinare.

«Lo lascino stare stasera il babbo», disse Fiore ai ragazzi mentre faceva il letto alla Gigia; «lo lascino stare perché stasera non è serata.»

«O che ha? o che ha?»

«Che sappia io, nulla; ma mi pare che abbia de' pensieri e dimolti.»

«Che t'ha gridato per la strada?»

«No, gridato no; ma tutte le volte che aprivo bocca mi dava del bestione per nulla. Io l'ho lasciato sempre dire, perché tanto lo so che è fatto a quella maniera: ma mi c'è voluta tutta la mi' pazienza! Si figurino che m'ha avuto a mangiare perché gli ho detto che l'oriolo vecchio di cima scala me lo giocherei con mezzo mondo.»

E lui a dirmi che ero un bestione! e io a dirgli che in ventiquattr'anni che sono nella su' casa non l'ho ma' visto né dal maniscalco né fare un minuto... O non l'ha detto tante volte anche lui? Ma stasera, no! E lì a dire che non era vero nulla; e io a lasciarlo dire. E lì brontola, e lì brontola!... O che lo so che abbia in corpo stasera? Cecchino si fermi, lasci stare la cavalla! eppure l'altro giorno... se n'avrebbe a rammentare!... Natale, codesto povero cane! Ecco! o se gli desse un morso, o che non gli starebbe bene?... Ahi! no, Peppe, colla frusta poi s'ha a fermare... ahi, perdio!

«Ragazzi! Pasquale!»

«Sentono? la padrona li chiama a cena. Via, via, si levino un po' di torno.»

«Pasquale! ragazzi! a tavola!», ripeté la sora Flaminia.

«Accidenti ai ragazzi!», disse Fiore fra i denti, e rimettendo al suo beccatello la frusta, la fece vedere a Toppa, che, capìta l'antifona, corse di galoppo in casa colla coda fra le gambe.

Per liberare le tre eterne vittime di quelle quattro forche di figlioli, non ci voleva altro. Corsero tutti in salotto scapaccionandosi, e si piantarono a tavola tirando su col naso e preparati alla solita osservazione, appena fosse scodellata la minestra: «Così poca?».

Rimasero meravigliati di non vedere ancora scodellato; si guardarono fra loro, tossirono, shignazzarono, s'asciugarono coi tovaglioli la bocca e tutto il resto, e dimenandosi sulle seggiole, domandarono tutti insieme: «O babbo?».

La sora Flaminia intanto, col cucchiaione in una mano e la prima scodella nell'altra, aspettava guardando la porta dalla quale doveva comparire il marito.

Era quasi un par di minuti che la zuppiera mandava la sua nuvola di fumo appetitoso ad investire il lume a petrolio attaccato al palco sul mezzo della tavola, quando compare Fiore nella stanza, e appena entrato:

«O il padrone?», domandò.

«Ma dove s'è cacciato? che fà? Signore Dio!», domandò impazientemente Flaminia. «Dategli una voce, via, Fiore; mi pare di sentirlo su nello scrittoio.»

«Sissignora; senta! è su che armeggia. Pare che metta delle bullette.... chi lo sa?»

«Sì, sì. Andatelo a chiamare e ditegli che io intanto scodello, perché se no, questi taglierini mi diventano un pastone.»

Il sor Pasquale in quel momento era felice. S'era già alleggerito del misterioso fagotto che con tante pene aveva portato intatto attraverso al freddo e al nevischio per quattordici miglia di montagna, ed ora, prima di scendere a mangiare, contemplava attaccato a una parete del suo scrittoio un ordinarissimo oriolo col cucùlo, che gli era stato appiccicato da un imbroglione qualunque come un oggetto d'una rarità favolosa. E pregustando le gioie della sorpresa che preparava ai suoi ragazzi, ai montanini dei dintorni, al parroco e alla sora Flaminia, la quale in quel momento pensava che il suo marito doveva avere per la testa qualcuna delle sue solite grullerie, e pregustando, come dicevo, le gioie di tale sorpresa, dimenticò perfino il malumore che gli avevano messo addosso alcune persone incontrate in un caffè, le quali glielo chiamarono girarrosto, stimandogli dodici lire quell'oriolo che lui aveva pagato quarantacinque, credendolo una bazza.

«Eccomi, eccomi, Fiore; vengo subito», rispose amorosamente al servitore che lo chiamava, e allegro come quella pasqua dalla quale aveva preso il nome, tutto inzaccherato e con gli stivali motosi sempre in piedi, scese in mezzo alla sua famiglia.

Nel movimento d'allegrezza che si manifestò nei ragazzi alla vista del babbo, che in quel momento significava «mangiare», un bicchiere schizzò, dopo avere empito di vino la tovaglia, a stritolarsi in mezzo alla stanza, accompagnato da una sonora risata del sor Pasquale, che due sere innanzi, alla stessa ora precisa, s'era mezzo slogato il pollice della mano destra a scapaccionare Cecchino per un caso simile.

La sora Flaminia allora sempre più si persuase che Pasquale doveva averla fatta grossa. Pensa tu, - per dire come pensò lei, - pensa tu che razza di lavativo gli hanno appiccicato questa volta!

E i timori della sora Flaminia erano anche troppo giustificati, perché dai tre mercati ai quali era stato in quell'anno, non era mai tornato colle mani vuote. La prima volta tornò con una dozzina di pezzuole di seta tutte di cotone; la seconda. con la Bibbia del Diodati per il priore che gli aveva ordinato quella del Martini: la terza, con un par di calzoni bell'e fatti di casimirra inglese di Prato, che quando se li provò gli arrivavano a mezza polpa.

«E questa volta? Dio me la mandi bona!», pensò la sora Flaminia; e guardò pietosamente le pillacchere di Pasquale, che ingozzava rumoroso la minestra ridendo da sè sotto i baffi.

«Dio me la mandi bona!», e in tempo che raffreddava, soffiandovi, la prima cucchiaiata:

«Dimmi», domandò a Pasquale che guardava il suo oriolo da tasca, «o quello delle castagne l'hai veduto?»

«Chi?... Ah!! zitta, zitta, via!», rispose Pasquale indispettito. «Guarda con che mi viene fòra ora!»

«O non sei andato apposta al mercato?»

«Fiore!», chiamò il sor Pasquale. «Fiore!» E rispondendo alla moglie:

«Sì, hai ragione; ma credo che l'abbia visto Fiore... Fiore!».

«Comandi sor padrone...»

«Ditemi, Fiore, che ci avete parlato voi con Luc'Antonio?»

«Nossignore; siccome lei signoria m'aveva detto che ci voleva parlar da sé...»

«Ma poi non v'avevo anche detto?...»

«Sissignore, che se lo vedevo l'avessi mandato da lei all'appalto, come di fatti alle dieci precise...»

«Non ce l'avete mandato!»

«Sissignore che ce l'ho mandato! ma gli hanno detto che lei...»

«Avete ragione, sì, avete ragione! Con tanti affari per la testa... Ma che ce n'avevo una stamani? Ci avevo da veder Luc'Antonio... ci avevo... ci avevo da veder Luc'Antonio, eppoi ci avevo... insomma ce n'avevo tante che questa m'è passata di mente. 'Gnamo, 'gnamo, finiamola con queste seccature! guardate se questo è il momento!... Andate, andate, Fiore, e fate chetare quell'accidente di cane, se no vengo di là e lo stronco. O a chi abbaia?»

«C'è il contadin novo...»

«Ah! ditegli che stia zitto anche lui.»

La signora Flaminia stava zitta e non alzava il capo dalla scodella.

«Andate, andate», disse poi anch'essa a Fiore; «con Luc'Antonio ci ho parlato io. Ho mandato Cecco sulla via maestra a aspettarlo, e l'ho fatto venir qui.» Poi cavandosi un foglio di seno e mostrandolo al marito: «Tieni», disse; «il fattore delle monache t'ha rimandato questa ricevuta perché tu ci faccia la data che ci manca».

Il sor Pasquale rimase sconfitto. Guardò la moglie, guardò la ricevuta, adagio adagio rimise in tasca l'oriolo, poi, con un movimento brusco, si rinsaccò nelle spalle, non sapendo come giustificarsi, e ripeté a tutti che stessero zitti mentre nessuno fiatava.

L'ora solenne, intanto, s'avvicinava a gran passi.

Il sor Pasquale, dopo aver attaccato l'oriolo alla parete dello scrittoio, proprio di faccia alla sua poltrona, l'aveva rimesso col suo da tasca già regolato scrupolosamente al mezzogiorno di quello di Cutigliano, e fra due minuti doveva sonare le sei; fra due minuti la sua famiglia avrebbe goduto della cara sorpresa, e la sua vittoria contro gli eterni dubbi, contro il tormentoso malumore di sua moglie sarebbe stata completa.

Voleva star fermo sulla sedia, e non gli riusciva: avrebbe voluto mangiare e bere indifferentemente, e non poteva: tantoché una volta si mise in bocca un tappo di sughero sbagliandolo col pane; e un'altra, vuotò l'ampolla dell'aceto nel bicchiere di Cecchino, credendo di mescergli il vermutte. Avrebbe voluto anche stare zitto, e questa era la cosa più importante, ma anche quello non gli riuscì, e:

«Ragazzi, ci manca poco!», disse non potendo più reggere! «Ci manca poco!» e dette un sogghigno e rimpiattò furbescamente la testa fra le spalle e il petto, come uno spinoso al quale si tocchi la groppa. «Ci manca poco!»

«A che? a che?», domandarono tutti strillando, credendosi autorizzati da quella confidenza paterna a fare un baccano del diavolo. «A che? a che?»

«A nulla!», rispose desolatamente Pasquale mortificato da un sospiro della moglie, più sonoro di tutti gli altri.

«A nulla!», disse un'altra volta il sor Pasquale; quando, cavato fuori l'oriolo sotto la tavola, sentì rintuzzarsi il dolore che gli era costato quel sospiro, nel vedere che mancava soltanto un mezzo minuto alle sei, e:

«Ora poi, zitti davvero!», disse con voce tremante; buttò sotto la tavola un pezzo di lesso per chetare Toppa che mugolava e con una mano alzata e guardando in estasi la sora Flaminia, che mangiava distratta e più seria di prima, rimase ad aspettare.

Che tempesta di pensieri deve aver attraversato la testa di lui in quel mezzo minuto! Cambiò due volte colore, sorrise, aggrottò le ciglia spaurito come se guardasse in un precipizio, gli occhi gli si inumidirono di tenerezza, poi tornò cupo un'altra volta; tratteneva il respiro, ma il core gli si vedeva battere sotto il corpetto di pelle d'agnello, quando ad un tratto mandò un urlo roco, i ragazzi strillarono come anime dannate. Toppa cominciò ad abbaiare disperatamente, ma fu subito chetato dagli scarponi del signor Pasquale, e il cuculo mandò a breve intervallo tondo e sonoro, il suo secondo cuccù in mezzo al silenzio generale; eppoi mandò il terzo, e il sor Pasquale arrantolò un

«Ah!» di ruvida gioia verso la moglie; e il cuculo, continuando, mandò il suo quarto lamento, eppoi... rimase lì.

L'oriolo di cima scala, puntuale, suonò in quel momento le sei.

La sora Flaminia guardò Pasquale, e nel vederne tanto grottescamente stralunata la faccia, non si poté più contenere e scoppiò in una larga risata che per un mezzo minuto almeno, buttatasi indietro a braccia aperte sulla spalliera della seggiola, rimase con la sua fresca bocca spalancata, ripigliando a stento respiro.

Il sor Pasquale era rimasto come fulminato. I ragazzi avrebbero voluto fare allegria, ma un'occhiata della madre, aiutata da un certo senso di paura che, a quel rumore nuovo che veniva di su d'accanto alla camera dove era morto lo zio Nastasio, era entrato nelle loro teste già riquadrate dalle novelle di quella vecchia che veniva prima a fare il burro, bastò a tenerli al posto.

La sora Flaminia, intanto, dopo aver cantato l'inno alla sua vittoria con quella omerica risata, si trovò a sua volta sconfitta ad un tratto dal dolore del suo Pasquale, che cogli occhi ammammolati guardava stupefatto ora i figli, ora la moglie, senza poter pronunziar parola che accusasse il suo profondo turbamento.

Fiore interruppe quel silenzio doloroso comparendo sulla porta a domandare a bassa voce, tutto spaurito:

«Hanno sentito nulla loro? O che è stato».

«Fiore, accendetemi un lume», disse il sor Pasquale, facendo un movimento come per alzarsi: ma la sora Flaminia lo prevenne, si alzò, e amorosamente gli disse: «Dove vuoi andare? sei stracco; vado io». E preso un lume s'avviò allo scrittoio.

Passarono pochi momenti, alla fine dei quali, avendo la signora Flaminia rimediato allo sbaglio che Pasquale aveva commesso nella furia rimettendo l'oriolo, il cucùlo cantò allegramente le sei.

Il sor Pasquale allora dette la via a tutto il suo buonumore. Mangiò pochissimo, sorrise alla moglie, accarezzò i figlioli, fece prendere una mezza indigestione a Cecchino che gli stava accanto, empiendogli continuamente il piatto e il bicchiere; e lo stesso Toppa, incalorito dagli ossi del lesso e dalle lische dei bròccioli che il sor Pasquale gli dette e gli fece dare, insudiciò nella nottata anche il salotto bono, e stette tutto il giorno dipoi nell'orto a mangiare il palèo che scaturiva di sotto la neve.

Il contadin novo, che era venuto per parlare di stime morte, fu fatto passare in salotto, e anche con lui il sor Pasquale si sfogò quando poté. Lo chiamò sempre galantuomo, lo prese tre o quattro volte per il ganascino, gli dette da bere, e poi gli parlò un po' di tutto: di politica, d'orioli, di storia, di geografia e del lunario novo; gli disse che le stelle eran mondi come il nostro, che dentro la terra c'è una fornace di foco come in una carbonaia, e tante altre cose, con molto disordine, ma con senno abbastanza; e soltanto perdeva la bussola quando il contadino gli entrava nelle stime morte E allora, giù attraverso, mescolava stime morte e cucùli vivi, e stime vive e cucùli morti, e durò finché i ragazzi, che avevan cominciato a cascare addormentati per le seggiole e sulla tavola, non furono uno dopo l'altro raccattati tutti, come feriti sul campo di battaglia, da Fiore e dalla sora Flaminia, che li portarono a letto.

Allora il sor Pasquale si chetò; licenziò il contadino, soffiò il lume della tavola, e, presa la sua lucernina, s'avviò soddisfatto e rosso com'un pomodoro verso la sua camera, dove la sora Flaminia l'aspettava per vedere se almeno fosse stato possibile cavargli di sotto quanto l'aveva pagato.

Come son volati gli anni! e come tutto è cambiato anche in quella famiglia di buoni campagnoli! Belli quei giorni per il sor Pasquale! Che gioie sconfinate erano per lui quando dal suo scrittoio, dove stava chiòtto chiòtto ad ascoltare, sentiva i contadini aggruppati sul prato discorrere del suo oriolo d'autore e della somma favolosa che doveva essergli costato e della impossibilità di trovare il compagno, perché quello doveva esser venuto dicerto dall'Americhe di là dal mare. E che risate di core, quando sentiva gli uomini far la baiata alle donne e ai bambini che ad ogni canto del cucùlo correvano a rimpiattarsi dietro al faggio della burraia tappandosi gli orecchi colle dita! Che carnevale fu quello per lui! Ma quando lo vide per la prima volta il priore! O quando lo fece vedere al cappellano che ebbe paura? O il sindaco che non ci voleva credere? Ma quel prato, che cos'era quel prato le domeniche dopo le funzioni! Bisogna essercisi ritrovati, via, se no, è inutile ragionarne.

Ed ora su quel prato un mucchio di passerotti beccuzzano fra l'erba e si leticano tranquillamente, perché da quella casa non parte nessun rumore che possa disturbarli.

Gli anni volano! Ne sono già passati quindici da quella sera che fu tanto procellosa per l'animo del buon Pasquale, e tutto è cambiato anche in quella casa di allegra e buona gente! I due figli mezzani, Natale e Gosto, sono morti: Peppe è segretario in un lontano comunello della Garfagnana, e non rimane in casa che Cecchino, ora giovinotto di ventidue anni, destinato a continuare nell'amministrazione del piccolo patrimonio.

E anche il povero Toppa non è più! Morì di vecchiaia cinque anni sono, ed ora si riposa sotto al ciliegio vìsciolo delle ghiacciaie, dove Fiore lo sotterrò pietosamente, pensando che per due anni almeno lì non ci sarebbe stato bisogno di pecorino. Ogni cosa è cambiata! Fiore è incanutito, la vecchia Gigia l'ebbe un barrocciaio di Pracchia, e non se n'è saputo più nulla; la sora Flaminia ha perso quasi tutti que' bei denti bianchi che metteva fuori fino agli ultimi quando rideva di core e il sor Pasquale è su a letto malato: oggi sta un po' meglio, ma è malato gravemente.

La sua forte costituzione, che pareva dovesse condurlo senza difficoltà oltre la settantina, restò profondamente scossa alla morte del primo figliolo, ma per allora il colpo più forte lo risentì nel morale, poiché si fece malinconico e taciturno al punto che solamente un giorno o due della settimana usciva di casa, standosene tutti gli altri, tranne poche ore, ritirato nel suo scrittoio a leggere e a pensare. Alla morte del secondo, poi, si ammalò. Passò fra letto e poltrona qualche mese, e dopo non fu più lui.

Nella sua mente, insieme con gli altri generi di turbamento, era entrata una specie di fissazione, per una di quelle strane combinazioni che si crederebbero opera soprannaturale, se il caso non ce ne fornisse esempi continui.

Fosse il tonfo di un uscio sbatacchiato, fosse una dimenticanza di caricarlo o qualunque altra malaugurata accidentalità, il fatto si è che il suo impareggiabile oriolo col cucùlo che, sia detto fra parentesi, era riuscito una perla, in due anni si fermò due volte, e quelle due volte erano state appunto alla morte del primo ed a quella dell'altro figliolo.

«Quando si fermerà un'altra volta, tocca a me!», diceva sospirando il povero sor Pasquale tutte le sere, mentre lo caricava prima d'andarsene a letto. «Quest'altra volta tocca a me!» E lo diceva con tanta convinzione che nessuno fu buono di levargli dal capo quel pregiudizio che a poco a poco diventò una vera fissazione che finì di rovinare affatto la sua indebolita salute.

La primavera era inoltrata, e colle prime tepide brezze del maggio quella oppressione di respiro che lo tormentava, si aggravò tanto, che il medico credé suo debito dire alla sora Flaminia che pensasse a parlarne col parroco; e la sora Flaminia mandò un sospiro e disse che l'avrebbe fatto. Ma la misura era presso a poco inutile, perché il taciturno don Silvio, già da un paio di settimane, passava quasi intere le giornate a capo del letto del suo vecchio amico, tenendogli affettuosa compagnia quando quelli di casa dovevano allontanarsi per le loro faccende.

«Ma che oriolo, don Silvio!», osservò un mattina Pasquale dopo che da diverse ore, oppresso dall'affanno, non aveva aperto bocca. «Che oriolino è stato quello! Ha sentito le dieci? guardi a cotesto costì della piletta.»

«Son le dieci precise», rispose don Silvio.

«Ha capito?! Oggi finiscono venti giorni che lo rimessi quando m'alzai e non ha fatto un minuto; ma quando si fermerà...»

Don Silvio lo pregò di stare zitto, e con una scusa si allontanò tutto contento in cerca della sora Flaminia che era scesa a scaldargli una tazza di brodo, per dirle che Pasquale aveva discorso tanto e che proprio stava veramente benino. E ritornò su dietro di lei che, entrando in camera con la tazza, accennò subito sorridendo al marito che non parlasse. Lo trovò infatti che stava un po' meglio; se non che un'ora dopo Fiore correva ansante a chiamare il medico per il padrone che da un momento all'altro aveva fatto un peggioramento da mettere in pensiero.

Quando entrò il medico, Pasquale gli sorrise e gli disse: «Mi rincresce per lei, povero sor dottore, che l'hanno fatto scomodare...». Eppoi, rivolgendosi alla moglie e a Cecchino: «Voi altri badate che non resti scarico e non abbiate paura di nulla...». E rivoltosi di nuovo al medico: «Che mi farebbe male quell'uscio e quella finestra aperta?».

«Anzi...», rispose il medico.

E Cecco e la sora Flaminia corsero subito a spalancare ogni cosa, e alla folata di maestrale che inondò la camera, Pasquale mandò un sospiro di contentezza e disse: «Ah! come mi fa bene!».

I boscaioli cantavano nella faggeta; il medico e il priore si misero alla finestra a contemplare silenziosi l'orizzonte che di là si stendeva immenso sulla pianura lontana.

Dopo qualche momento, il priore, sentendo sonare il mezzogiorno alla sua parrocchia, si ricordò del desinare, si staccò dalla finestra andando verso Pasquale per congedarsi, e lo vide con gli occhi fuori dell'orbita che, senza articolar parola, ma indicando di voler parlare, stendeva un braccio tremante verso il suo oriolo da tasca appeso a capo del letto.

Corsero là tutti, intesero, staccarono l'oriolo dal muro e glielo mostrarono. Il sor Pasquale si alzò a sedere sul letto, ci ficcò sopra gli occhi e cadde giù spossato balbettando: «Anche l'ora di Pasquale è sonata... è sonata... è sonata!».

Erano le dodici e due minuti; l'oriolo di cima scala le aveva sonate, e il cucùlo era rimasto in silenzio!

La sera dipoi, quando la campana della parrocchia sonava alle forre della montagna l'Ave Maria della sera. il sole mandò i suoi ultimi raggi a riflettersi sulle fronti aduste e madide di sudore di un gruppo di boscaioli che, inginocchiati sui tronchi de' faggi abbattuti, accanto alle loro scuri luccicanti, dicevano il primo De Profundis all'anima benedetta del povero sor Pasquale.

La fatta

«E allora», disse furibondo il signor Cavaliere, «quando uno è testardo fino a questo punto, si fa così.» Tirò fuori il roncolo, si chinò e, ficcandolo nel terreno acquitrinoso del prato, levò un piccolo piallaccio sul quale era una macchia biancastra come di gesso spento; lo rinvoltò nella pezzola e piantatoselo nella carniera, sputò con rabbia un pezzo di canfora che teneva sempre in bocca pel dolore di denti, e senza neanche guardare i suoi compagni disse: «Io me ne vo!».

I suoi compagni erano due: il Guardia della bandita nella quale si trovavano a caccia, e il sor Alceste, figlio del segretario comunale e promesso sposo alla figlia del signor Cavaliere, il quale, alla improvvisa sfuriata del futuro suocero, rimase allibito a bocca spalancata a guardare ora il Guardia, ora il signor Cavaliere, che zoppicando, perché i calli, con la variazione del tempo, non gli avevano dato pace in tutta la mattinata, proprio se n'andava senza voltarsi neanche una volta indietro.

Aveva già passato il ponte della Fossaccia quando il Guardia si risentì:

«Sangue d'un cane! quelle lì non son le maniere. O dunque se la fatta a me non mi pareva di beccaccia, dovevo stare zitto e dirgli: 'gnorsì, sissignore, come vòl lei?... Di beccaccia, Dio mi mandi un tremoto, non è positivo. E quando farò lo speziale m'ha a venire a dettar leggi su quest'affari; ma ora come ora, a Gianni Cerri no, per los Deo santissimo benedetto!».

Il Sor Alceste sospirava. E il Guardia continuò:

«Lei signorìa ha fatto da omo a non riscaldarsi. Ma quando m'ha detto che come cacciatore aveva più stima a me che a lui, gli avre' dato un bacio. E come l'ha presa attraverso! Ecco, ora si fa per dire, o che son mosse quelle da un signore par suo? E ora che ha preso la fatta con sé, com'essere, che ne vorrà fare?».

E il sor Alceste guardò la buchetta fatta dal roncolo del sor Cavaliere e sospirò di nuovo.

«Se a me, per esempio, mi dicessero: Cerri, te lo vòi giocare il cane? Mi gioco anco lo schioppo, risponderei, che la fatta è di péccola o, a sprofondare, di porciglione; ma di beccaccia no, eppoi no, anche se Santa Lucia benedetta m'avesse fatto la grazia di vedergliela fare.»

Il signor Alceste non dava segni d'attenzione; per cui il Guardia gli domandò:

«Che si deve andar via anche noi, oppure s'ha a guardare...? Badi! stia attento, perché 'l mi' cane ha un fiato nel naso».

Difatti l'egregio Burrasca, un cane che Gianni Cerri diceva che neanche 'n palazzo Pitti di quelle razze li non n'avevan mai bazzicate, se n'andava a vento, a testa alta, indicando d'aver nel naso qualche cosa di buono davvero.

«Avanti! avanti, sor Alceste, venga via, venga via!», diceva il Guardia a mezza voce, seguitando il cane. E il sor Alceste, tutto cascante e sempre pallido come un morto, si avviò dietro al Cerri, che badava a dire:

«Non faccia furia, non faccia furia, perché tanto, alle mani di Burrasca, si va sul sicuro; punta che pare un masso... Ora sente a bono davvero! S'accosti, s'accosti, perché gli si potrebbe levare anche avanti... Ma che canino! cento lire m'avrebban dato que' signori di padule! Ma io gli mandai a dire... Guardi! Ma lo guardi ora, eppoi mi dica se un cristiano potrebbe andare con più delicatezza sull'animale!... e io gli mandai a dire che se anche Vittorio Emanuelle...».

Il Cerri non finì. Burrasca, dopo una braccata furiosa, aveva agguantato roba. Gianni riconobbe subito il posto dove, il giorno avanti, il Piovano aveva fatto colazione con quel signore forestiero, cambiò colore, corse, s'avventò a Burrasca, e fu in tempo a fargli posare la seconda buccia di cacio con una tal pedata furibonda che se l'avesse colto in pieno, il povero Burrasca avrebbe finito per sempre di far digiuni.

«Gianni», disse finalmente il sor Alceste, che assorto ne' suoi pensieri non aveva visto la scena che era accaduta, «se ti vuoi trattenere, fai pure il comodo tuo: io arrivo qui dal contadino a bere un bicchier d'acqua e me ne vado.»

Ma Gianni non poteva intendere, perché era già un chilometro distante, sempre a corsa dietro al cane, quando, non potendolo raggiungere, per fargli pagar cara la brutta figura che gli aveva fatto fare, mandando fischi e urli, gli lasciò andare dietro una schioppettata che fortunatamente non lo colse.

Alle ventiquattro e mezzo il padre d'Alceste, tutto rannuvolato in viso, bussava alla porta del signor Cavaliere suo buon amico; ma la serva gli disse che era fuori. Domandò allora della signorina Ginevra.

«È sul letto, perché si sente male.»

«Potrei vedere la signora Irene?»

«È di là in camera della signora Ginevra, tutta sottosopra; e io direi di lasciarle stare.»

«Ritornerò più tardi.»

Il signor Cavaliere intanto, dopo aver sigillato accuratamente in una cassettina di truciolo il piallaccio colla fatta, era andato a consegnarla al procaccia insieme con una lettera, raccomandandogli di depositare il tutto in proprie mani della persona alla quale era diretto, via tale, numero tale, secondo piano a destra:

«Procaccia, mi raccomando!».

«Lei non dubiti.»

All'or di notte tutto il paese era al fatto dell'accaduto. La serva del Cavaliere l'aveva detto con segretezza, dalla finestra sulla corte, all'ortolana; e l'ortolana l'aveva detto, come in confessione, al suo marito, il quale, dopo dieci minuti, l'aveva fatto risapere a bassa voce nella calzoleria del Nardini, che quella sera appunto era più zeppa del solito dei medesimi fannulloni freddolosi, seduti in giro al braciere di rame, coi capi abbassati su quello, a mescolare il fumo e lo sfriggolìo delle loro pipe lerce di gruma.

Di lì partì la bomba: e un quarto d'ora dopo non v'era anima viva, dallo zoppo di Lacchie al Sindaco, e da Melevizze al signor Piovano, che non s'occupasse seriamente della cosa.

Come capitò a proposito quell'avvenimento per gli sfaccendati del paese! Erano cinque o sei giorni che in verità non sapevano che pesci si pigliare. Passò quell'omo coll'orso tre settimane fa, è vero; ma se n'era già parlato tanto, s'eran buttati all'aria tanti libri di storia naturale, s'erano agitate tante questioni zoologiche in canonica, dallo speziale e da Cencio tabaccaio, che ormai tutti erano stufi. Era stata proprio un'annata senza risorse. Che altro era accaduto? Mah! poco o nulla: lo scandalo di que' villeggianti col su' figliolo che s'era messo colla macellarina, ma finì presto perché se n'andarono; quelle po' di legnate quella sera della prova della banda; eppoi? È finito qui. Ma ora, se Dio vòle, ce n'è per tutti, se l'oste ne còce.

Ci furono molti quella sera che non finiron neanche di cenare per andar fuori ad informarsi meglio; e molti lasciarono perfino la briscola e il fiasco, perché, secondo loro, l'affare era serio.

In farmacia, dopo l'otto, v'eran già cose gravi, e lo dimostravano anche al di fuori i capannelli di curiosi che vi passeggiavano davanti, accostandosi più che fosse possibile alla vetrata; e lo dava a divedere anche il Piovano che al rumore che veniva di là dentro era sceso sul cimitero in ciabatte e colla pipa per ascoltar meglio e per domandar notizie ai passanti.

«A me non me la cantate, caro speziale, perché io l'ho vista!», diceva il Sindaco passeggiando concitato in su e in giù per la bottega. «Me l'ha fatta vedere prima di portarla al procaccia; e per me il Cavaliere ha ragione!... Che ne dice lei, maestro? Eppure c'era anche lei!»

Il maestro della banda era di parere contrario; ma non volendo compromettersi, badava a strisciare la groppa al gatto che gli era saltato sulle ginocchia, e non trovava la via a rispondere. Ma finalmente, per uscirne, disse a fior di labbra: «Eh! sì! lo direi anch'io».

«Allora poi cotesto, abbia pazienza se glielo dico, cotesto si chiama aver quattro facce come Giano della Bella!», gridò lo speziale invelenito, che la mitologia l'aveva sulle dita quasi più della storia. «Sissignore! lei, precisamente lei, dieci minuti fa, prima che entrasse il signor Sindaco, si spassionava tutto in un'altra maniera! Giano della Bella, sissignore, caro il signor maestro dei miei tromboni!»

«Ma se lei avesse un po' d'educazione», saltò su il maestro masticando veleno, «lei non offenderebbe, e lei è un ignorante!»

Il medico che in quel momento smaltiva taciturno la solita sbornia d'aleatico asciutto: «Bravo!», urlò al maestro, al quale curava la moglie anche quando stava bene. «Bravo!»

«Eh sì! anche lei è un buon arnese!», gridò al medico lo speziale, più inviperito che mai. «Si sanno tutte, non pensi, noi! Si sa, non abbia paura, di quel disgraziato che ammazzò alle Case Rosse, eppoi, sotto sotto, andò a dire che avevo sbagliato io la ricetta!... Oeh! non s'accosti al banco, perché gli rompo un barattolo nel muso!... Noe, noe! lasciami stare anche te, camorro sdentato!»

Quest'ultima apostrofe era toccata alla sua moglie che lo reggeva per le braccia, la quale mandò uno strillo acuto al tonfo che fece, sfondando uno staccio attaccato al muro, la ciotola del polverino tirata con quanta forza aveva, dal medico, il quale urlando: «Vado via per non compromettermi!» prese la porta e se n'andò.

Di fuori intanto s'eran già formati i partiti; ed il medico ebbe una salva di fischi dalla metà di que' venti o trenta che s'eran radunati, mentre l'altra metà batteva le mani e urlava «Bravo!» a squarciagola. E lo speziale, che era corso sull'uscio, gridava da sentirlo a un miglio di distanza:

«C'è il tribunale, però, per la canaglia di cotesta risma! c'è il tribunale! E domani... stasera... subito!... tanto lo vo' dire a tutti, sissignore! a tutti lo vo' dire che quel disgraziato delle Case Ros...».

Ma non finì perché il Sindaco gli tappò la bocca col pastrano, e con un spintone lo rificcò in bottega.

Il maestro della banda, uscendo, poco dopo, colla coda fra le gambe dietro al Sindaco, si provò a dirgli:

«Sa? e' son gente quelle che dopo cena...».

«Che li era anche un calunniatore me l'avevano detto...»

«Ma lei signorìa ora...»

«Basta così! Della fiducia immeritatamente accordatami da Sua Maestà saprò farne quell'uso che crederò migliore; intanto non mi occorre nulla da lei; vada pure, ché a casa so andarvi anche solo.»

E si allontanò soddisfatto e altamente compreso del suo dovere, mentre il maestro schizzando bile se n'andò anch'egli a casa, dove quella sera devon esser accadute di gran cose vergognose, dissero i casigliani di sotto, perché si sentiron di gran tonfi e di grand'urli della sora Giuseppina, povera creatura, fin dopo la mezzanotte sonata. Ce ne passa tante, poverina, con quell'omaccio!

Il Piovano, che per raccattar notizie aveva mandato lo Scardigli a prendere un sigaro da cinque e una scatola di fiammiferi, seppe che nella bottega della Biagiotta s'eran picchiati, e gli avevan rotto un vetro che costava du' franchi. In fattoria poi, il sor Gustavo e il Rapalli (un fiero agente elettorale che prima d'aver sette ponci in corpo non andava mai a letto) avevan fatto una scommessa di cento lire.

«Poco giudizio, poco giudizio!», osservò il Piovano. E dopo aver disputato un po' col Cappellano, al quale quella sera dette anche di bestia mentre in tempi normali lo chiamava solamente zuccone, dette un'occhiata al tempo e se n'andò a letto.

In casa del Cavaliere non si sa quello che accadesse, perché dopo tornato lui da consegnare quella roba al procaccia, tutte le finestre restarono chiuse ermeticamente, e soltanto l'uscio di strada si riaprì un momento alle dieci quando Gustavo tornò di fattoria; poi silenzio perfetto.

In casa del Segretario erano sgomenti. Le donne non fecero altro che piangere tutta la sera; lui andò a letto alle nove con un dolor di capo da impazzire, e il povero sor Alceste non trascurò, è vero, per distrarsi, la sua occupazione geniale di fare fiorellini di carta colorata, ma svogliato e senza ombra d'ispirazione.

Nessuno a cena volle mangiare, e lui solo, per non dare, disse, altri dispiaceri alla mamma, inzuppò un biscottino nel rosolio, e alle nove e un quarto si ritirò.

Siamo all'ottavo giorno dopo l'accaduto. Il postino è disperato perché il signor Cavaliere da sei giorni non gli lascia pelle addosso, e lo minaccia di fargli perdere il posto, perché, secondo lui, deve avergli smarrito una lettera. O quell'altro noioso del Rapalli che ha la febbre addosso per via della scommessa! Ma stamani gliel'ha detto, veh! «O senta: la lettera non c'è, l'ha capita? e smetta di rompermi... Perché se siamo poveri, non ci hanno mica a mangiare a morsi peggio del pane... Sissignore! E quando la lettera ci sarà, accidenti a chi gliel'ha scritta!»

Il postino si lasciò andare un po' troppo, lo disse anche il Nardini; ma era compatibile, perché bisogna sapere che il Rapalli da due anni si scordava di dargli il Ceppo, e il povero postino l'avrebbe infilato, tanto più che da otto mesi, facendo il Rapalli all'amore con una di Certaldo, tutte le settimane c'era due o tre lettere che parevan processi, e gli toccava portargliele fino a casa sua, quasi un miglio più su della Madonna del Grilli.

«Questi bighelloni mangiapanacci a ufo!», continuò il postino, fermandosi a dare una cartolina alla Biagiotta.

«Che v'hanno fatto, che v'hanno fatto, postino?», domandò la Biagiotta, che a sentir dire male del prossimo ci stava con più devozione che alla messa cantata.

«A me? nulla. Ma da una parte gli stanno bene, veh! Intanto quel prepotente del dottore, se Dio vòle, se ne va.»

«A rotta di collo!»

«Brava Biagiotta! a cotesta maniera!»

«E più che altro, l'ho caro per quella strega muffosa della su' moglie. Bella, collo spènserre di velluto! e poi lo leva e va a rigovernare. L'ho vista io, sapete? con tutta la su' superbia che quando passa di qui a naso ritto, par che si puzzi tutti!»

«O quell'ignorante del maestro, Biagiotta?! Già, quello lì, levato de' piatti di cucina, credo che non sappia sonare neanche le campane.»

«Non potevi dir meglio. E per me, se avanti che se ne vada, gli dessero un carico di legnate, come l'ebbe quello delle Scòle anno di là, vorre' dare una candela d'un paolo al Santissimo Crocifisso, e da cena a tutti. O del Guardia Cerri l'avete saputo?»

«Che gli hanno fatto?»

«Dice che è sotto processo, perché quel giorno che il signor Cavaliere e Alcestino si presero a parole ne' prati dell'Arzillo, tirò, dice, una schioppettata al su' cane, e prese invece un contadino che era a far l'erba in una fossa, che l'acciecò mezzo, e gli fece subito referto.»

«Non lo sapevo.»

«È un affar di nulla! Fu arrestato la mattina subito, e dice che gli ci vorrà du' mesi di prigione e secento lire di multa, se gli basteranno.»

«Ci ho gusto!»

«Sode!»

«Guah! ecco quello sbuccione del procaccia. O che va dal sor Cavaliere?»

«Pare!»

«Ah! ho capito. Di certo gli porta la risposta di quella famosa roba.»

«Mah!»

«A proposito! e questo matrimonio dice che sia bell'e andato all'aria. Ma sia vero?»

«Dice di sì. Meglio per lui, povero sor Alcestino, meglio per lui.»

«Arrivederci, Biagiotta.»

«Addio, postino. Vi volete rinfrescare?»

«Grazie tante; un'altra volta.»

«Come vole.»

«Addio.»

«State bene, postino.»

La tranquillità monotona del paese era in quel giorno apparentemente la medesima, ma gli animi bollivano. Il Segretario era ben visto da una gran parte della popolazione per la sua bontà; il Cavaliere era nelle grazie dei più pei suoi quattrini. E i partiti s'erano definiti nettamente in questa occasione, e si guardavano in cagnesco.

Il procaccia s'era fermato davvero a bussare alla porta del Cavaliere, ed era già entrato, quando Cencio tabaccaio, che era sull'uscio a sbirciare, chiamò il Rapalli:

«Sor Rapalli, sor Rapalli!».

«Che c'è?», domandò il Rapalli che era occupatissimo a non far nulla dal caffettiere difaccia, per arrivare all'ora del desinare.

«Il procaccia è andato dal sor Cavaliere. Secondo me ci ha la risposta di quella roba. Vada, vada.»

«Vado subito. E voi, Cencio, fatemi il piacere: mandate ad avvisare il sor Gustavo che a quest'ora dev'essere in quel posto di certo.»

Il Rapalli andò dal Cavaliere; Gostino corse a cercare del sor Gustavo, e Cencio rimase a far gente sulla bottega.

La notizia si sparse come il baleno; lo speziale fece capolino dagli impostoni socchiusi, di sopra alle spalle di sua moglie: il Piovano scese sul cimitero affettando la più grave indifferenza; il fabbro e il calzolaio vennero fuori coi loro arnesi in mano figurando di guardare il tempo e dopo poco tutti gli abitanti del paese, eccetto il Segretario e il sor Alceste, che la Biagiotta giura d'aver visti alla finestra a guardare dalle stecche della persiana, erano fuori per qualche loro faccenda straordinaria che non volevano dire a nessuno.

Un gruppo abbastanza importante s'era radunato davanti all'Appalto, dove Cencio s'era preso col Nardini, il quale sosteneva essere impossibile anche per un professore il decidere sulla provenienza della fatta.

«Ma, abbiate pazienza», badava a dire Cencio, «cotesto è segno che non avete girato e che del mondo ne conoscete poco. E io avre' fatto precisamente come il signor Cavaliere, perché per decidere non ci voleva altro che un professore... oh! aspettate... come li chiamano?... insomma un professore come quello che il signor Cavaliere gli ha mandato a deciferare l'oggetto.»

«O che volete che vi dica? potrà anche stare, ma me non mi persuadete.»

«E allora vòl dire che con voi non ci si ragiona, perché la chimica... ora m'è venuto. È un professore di chimica quel professore. E quando a quella gente lì, vedete? gli avete fatto vedere, vo' dir poco, quanto di qui al pozzo, con rispetto parlando, anche uno sputo, loro vi sanno dire fino a un puntino se il vostro sangue sarebbe come se uno dicesse... anche se uno è stregato. Mi rammento che quando 'l mi' figliolo... Riverito, sor Gustavo, vada, vada, perché c'è roba.»

Il sor Gustavo passava in quel momento davanti all'Appalto, camminando a gran passi verso casa. Aveva la faccia lieta e tanto sicura, sognando la vincita delle cento lire, che Cencio ne prese buon augurio per vincere quella beccaccia che aveva scommesso col Cappellano; ma appena fu in casa, la scena cambiò aspetto.

Il Cavaliere aveva una lettera aperta in mano, scoteva il capo, e guardava desolato in un amaro silenzio il Rapalli, che, appoggiato alla spalliera d'una poltrona, stringeva le labbra per non lasciarsi scappare una risata, e ad intervalli, scotendo anch'egli la testa, diceva: «Eh! pur troppo che è così!».

Gustavo capì che bisognava stare zitti, e si mise in disparte a sfogliare un album di fotografie, senza aprir bocca.

Dopo qualche minuto di silenzio, il Rapalli fece un inchino al Cavaliere; strinse la mano a Gustavo e se ne andò.

Appena fu per le scale, s'ingozzò il cappello fino agli occhi, si rizzò il bavero del giubbone foderato di pelle di lepre, lasciandosene abbassata la punta dalla parte dell'Appalto, escì fuori rasentando il muro, e quando vi fu giunto davanti, Cencio, l'abbordò dicendogli:

«Ma dunque è deciso, sì o no? perché a me mi preme la beccaccia del Cappellano. Si pòl sapere di che bestia era questa famosa fatta?».

Il Rapalli lo tirò da parte, e, accostatagli la bocca all'orecchio:

«Zitto! Cencio», gli disse, «mi raccomando, se no la prima fischiata è nostra... Era di pollo!».

La pipa di Batone

Lo scoppio d'una tempesta di grida e di tonfi sulla tavola, che partiva da un gruppo di quattro allegri giovinotti, l'uno figlio di Batone e gli altri amici di casa, era la chiusa obbligatoria d'ogni partita di calabresella; ma questa volta il baccano fu tanto forte che il vecchio Batone, mezzo addormentato nel canto del fuoco, fece un tale scossone che, battendo la nuca nella mensola della cappa, gli cadde la pipa che gli ciondolava dalla bocca, andando a rompersi in cento pezzi sul piano del focolare.

«Eh! maledetto voi altri e la vostra calabresella!», gridò Batone, buttandosi carponi a raccattare i frammenti della pipa; ma la sua imprecazione restò affogata sotto un nembo di:

«Tutte nostre, se buttavi l'asso quando ti ci ho chiamato!».

«E della napoletana a còri che te ne volevi fare?»

«Te, piuttosto...»

«Ha ragione lui!»

«Nossignore, perché quando gli ho calato l'asso terzo...»

«Ma allora mi ci dovevi battere!»

«Sì, sì!»

«No, no!»

E giù, un altro diluvio di tonfi, urli e imprecazioni più grosso del primo.

«Benedetto voi altri e le vostre gole intremotate! Vi volete chetare, sì o no? Ecco, guardate che bel sugo!», esclamò la Carlotta, nuora del vecchio Batone. «Questa povera creaturina dormiva che era un amore, e ora sentite che bella musica! E ninna e ninna e nanna...» E così canterellando si mise a cullare sulle ginocchia una bella bambocciona grassa e fresca come una rosa, la quale sbertucciandosi lo scuffiotto di lana gialla univa i suoi strilli alle grida dei giocatori, formando un casa del diavolo da sgomentare un campanaro di professione.

Finalmente si chetarono, ma dopo avere esaurito affatto la questione durante la quale ognuno aveva detto o creduto di dire un sacco d'eccellenti ragioni, lasciando però nella mente dei compagni precisamente il tempo che vi avevan trovato.

«O di che cercate costì nella cenere, babbo?», domandò Cencio che nel voltarsi aveva visto il vecchio razzolare a capo basso, inginocchiato sul sodo del camino.

«Di che cerco, eh?», rispose Batone, fra il desolato e lo stizzito, «di che cerco, eh? Eran diciott'anni che ci fumavo!»

«Vi s'è rotta la pipa! o come mai?», domandò uno degli amici.

«Diciott'anni!», brontolò Batone con un sospiro; «grumata che era una delizia!»

«Povero nonno! o com'è andata?», domandò anche la Carlotta, sospendendo la sua ninna-nanna.

«Com'è andata! È andata che se vi si seccasse la gola a quanti siete, non sarebbe il vostro avere... Eh, sie! Il pezzo più grosso eccolo qui! Va' all'inferno anche te!» E con un calcio mandò nel fuoco gli avanzi della pipa e si rincantucciò di nuovo taciturno nel fondo della sua panca.

La bambina aveva ripreso sonno, la ninna-nanna era cessata, ed al rumore di pochi momenti fa era succeduto un profondo silenzio. I quattro giovani si guardavano fra loro, guardavano il vecchio e quindi la Carlotta, quasi interrogandola con lo sguardo sulla catastrofe della pipa. Alle quali mute interrogazioni la Carlotta rispondeva con un movimento della testa e degli occhi che voleva dire:

«Non ne so nulla nemmen'io; stiamo zitti, se no si fa troppo dispiacere a questo pover'omo».

Tutti tacquero per alcuni altri momenti, e Batone mandò fuori a breve intervallo due lunghi sospiri, dopo i quali, quasi rispondendo a una domanda del suo pensiero, esclamò con tristezza:

«Se ci ero affezionato!». Eppoi rivolgendosi agli amici: «Vedete, giovinotti; se mi fosse cascato un tegolo sulla testa, sarei crepato, sì, ma avrei patito meno».

«Eh, lo capisco!»

«Io mi metto ne' vostri piedi.»

«Anch'io.»

«Figuratevi io!», rispondevano uno dopo l'altro i quattro giovani che, sentendo un certo solletico di riso, avevano però nel fondo dell'animo una certa compassione del vecchio, perché fino da bambini erano avvezzi ad amare quella mite e robusta natura di popolano, e perché, correndo col pensiero alla pipa che tutti avevano in bocca, comprendevano abbastanza il suo dolore.

«Non vi starò a dire, perché tutti fumate e ve lo figurerete», riprese Batone, «se in una pipa di diciott'anni ci si fuma bene! Ma quello che più di tutto m'addolora è di dover dire addio a un oggetto che mi rammentava troppe cose... troppe! La comprai l'anno della piena, e la rinnovai per l'appunto quella mattina... 'Gnamo, 'gnamo, guardate dove mi fate entrare; Noe, noe, via, lasciatemi stare; accidenti alla calabresella, a chi l'ha inventata e a' vostri urlacci dannati!»

«Giù, giù, Batone, raccontate, raccontate!», chiesero ad un tempo i tre amici.

«Che volete che vi racconti, ragazzi miei? Son vecchio, ecco quello che vi posso raccontare; son vecchio, e non son più bono a nulla. Ma quand'ero ne' mi' cenci... Un gigante non son mai stato, si vede ancora; ma con queste braccia che ora paion du' ossi vestiti di pelle, ho fatto qualche cosa anch'io, e a que' giorni, omo per omo, ve lo giuro sul capo di quella creatura, a Batone, non gli ha fatto mai paura nessuno, mai! Prepotenze no; ma mosche sul naso, per grazia di Dio e del mi' fegato, mi ce ne son lasciate posar sempre poche, ma poche davvero. E dite pure che quando voi altri sarete arrivati a fare la metà di quel che ho fatto io... Basta; ho fatto quello che ho potuto, e quel che ho fatto, Dio mi vede nel core, l'ho fatto sempre a bòn fine, e per aver voluto bene a tanti, che poi se m'hanno potuto far del male, se ne sono ingegnati». Si guardò le braccia, scosse la testa sorridendo malinconicamente, e con voce stanca continuò: «Mòio povero, ma se non mi fosse toccato altro, di questo me ne vanto, all'età di settant'anni sonati che mi trovo sul groppone, posso portare il cappello alto e dimolto; e tanti signori, ma proprio di quelli di garbo, quando m'incontrano per la strada non hanno scrupolo né punto né poco a fermarmi e a stringer la mano, come dicon loro, al vecchio galantòmo».

I quattro giovani a poco a poco si erano tirati con le seggiole intorno al focolare, fissando in silenzio con aria mista di curiosità e di trista compiacenza, l'abbronzata faccia del vecchio, ne' cui occhi, allorché riandava i tempi passati, guizzava agile e fiera un'ultima scintilla di fuoco giovanile. Ed anche la Carlotta, che dopo aver posata la bambina nella culla si era accostata al camino per mettere una palettata di fuoco nello scaldino, sentendo le ultime parole del vecchio, partecipò all'attenzione degli uomini, adagio adagio si pose a sedere sull'altra panca del camino, facendo macchinalmente la calza, e guardò il vecchio silenziosa ed attenta.

Batone, che aveva alquanto rallegrata la faccia rammentando gli anni della sua robustezza, ritornò cupo ad un tratto, e dopo esser rimasto alcuni momenti con la testa fra le mani, triste e silenzioso come coloro che si preparavano ad ascoltarlo, alzò la faccia sgomenta, e fissando lo sguardo sopra una seggiola disoccupata che era rimasta in un canto della stanza, parlò:

«L'Agnese voi altri l'avete conosciuta tutti».

«Se l'abbiamo conosciuta!»

«Era una buona creatura; ma si vede che era nata sotto cattiva luna. E su' primi tempi era stata anche fortunata. Sposò quel maniscalco, Giacinto delle Morette, che poi gli morì tisico: ma quando lo prese aveva fior di quattrini, salute da vendere e la bottega sempre piena, perché ferrava che, come lui, bisognava girare dimolte miglia eppoi fermarsi lì. E che bella sposa s'era fatta!»

«Bella!», disse Tonio.

«E che belle creature che aveva!», osservò la Carlotta.

«Povera figliola! era destinato che non se le dovesse godere», continuò Batone. «E quel che è vero bisogna dirlo, che per la su' bimbina maggiore ci aveva un gran debole; e si vede che Gesù benedetto la volle visitare, perché sul più bello, quando se la teneva come una reliquia, perché cominciava già a saper leggere quasi come il sor Annibale e a mettere in carta anche una lettera, la bolla gliela portò via come uno ruberebbe la pisside di sull'altare.»

Una zanzara s'era posata sulla fronte della piccina, la quale senza destarsi, alzò una manina e si percosse dove sentiva pinzare. E siccome la Carlotta si voltò a guardarla riscotendosi come se una vipera le fosse passata tra i piedi, Batone le disse:

«Dio voglia che tutti i su' mali somiglino a quello che gli ha fatto quell'animale».

«Dio lo voglia!», rispose la Carlotta, e si chinò sulla culla a respirare il fiato della sua creatura.

«Dunque, già», riprese Batone, «quella bambina gli morì... gli morì com'essere alle nove e mezzo di stamattina... Che giornata fu quella, ragazzi miei! voi altri eri a lavorare foravia e non ve lo potete mai figurare... Gli morì alle nove e mezzo, come dicevo, si messe subito a pulirsela e a vestirsela da sé, che Dio guardi a avergli detto: "Lasciate fare a noi"; alle due aveva finito d'accomodarla co' su' fiori del su' orto e ogni cosa, e mezzo minuto dopo la raccattavano giù nel mezzo di strada con la testa fracassata, che venne di sotto in un àmmenne a capo fitto a sbacchiare sulla breccia stesa d'allora. Il Signore abbia misericordia dell'anima sua!»

Batone tacque; nessuno degli ascoltatori disse parola, perché ognuno conosceva l'accaduto; soltanto si voltarono tutti in un tempo verso la porta contro la quale una folata di scirocco frustava la pioggia che veniva giù a torrenti. Si voltò anche Batone, e dopo aver dato un'occhiata alla solita seggiola:

«Era una serata come questa», proseguì. «Eccola laggiù! mi par d'averla sempre davanti agli occhi, Cencio, la mi' Rosa, la tu' povera mamma. Pareva che da un momento all'altro ci dovesse cascare la casa addosso... un vento! un'acqua! un buio!... Lei era lì in un cantuccio su quella seggiola laggiù colla spalliera troncata, che fra uno sbadiglio e l'altro dava de' punti alle toppe del mi' pastrano vecchio, e a ogni ventata più forte si scoteva e mi guardava e mi diceva: "Batone, o che sarà di noi? Dio ce la mandi bona! senti l'Arno come muglia! ho paura" E aveva ragione, poverina, perché in tempo che si discorreva aveva già strappato in du' posti e aveva già portato via la capanna di Natalino e tutte le cataste del sor Ippolito, che ci perse quasi più di trecento monete. "Lascia piovere, lascia", gli dissi; "siamo a mezzo novembre, e se non si sfoga ora sarà peggio poi. Piuttosto, guarda, mi viene in mente una cosa: se invece di rassettare cotesta calìa tu volessi ripigliar du' maglie alla bilancia, domattina di levata vorre' andar a far du' cale a bocca di rio per vedere se mi riesce buscare un par di paoli...". Allora c'era i paoli.

Si alzò, povera donna, prese la bilancia, si messe a riguardarla, e quando io che m'ero appisolato qui nel canto mi svegliai e sentii sonare la mezzanotte, lei era sempre lì che taroccava perché la rete era tanto vecchia che per ogni maglia ripresa gli se ne strappava due. "Lascia andare, Rosa", gli dissi, "se hai rassettato le buche più grosse me n'avanza; basta che mi regga le lasche d'oncia: in quanto alla frittura minuta, se ne piglierà quando avrò qualche paolo da comprare una bilancia nova." E ci avviammo a letto.

La mattina andai. Per la strada mi fermai all'Appalto a comprare una crazia di tabacco e quella pipa... Arrivo sul puntone, do un'occhiata all'Arno: faceva paura! Monto la mi' bilancia, accendo la mi' pipetta, e tutto contento mi metto a calare lì dalla farnia vecchia dell'arginello.

Avevo già fatto quattro o se' cale quando mi parve... Dio del cielo! altro che parere! Sentii una vocina sottile sottile come d'una ragazzetta che urlava: "Aiuto, aiuto! aff... affogo!" , e mi vedo venir contro, lesto come una saetta, un fagotto bigio che si svoltolava nell'acqua. Lasciare la fune della bilancia, levarmi gli scarponi e la cacciatora fu un baleno e, giù... Aaah! l'acqua era troppo ghiaccia. Per un momento mi sentii tutto come rattrappito dal granchio e almanaccavo di qua e di là, tanto per tenermi a galla, ma senza quasi sapere quello che mi facessi; quando a un tratto risento: "Aiuto, aiuto!", e ti vedo forse a un mezzo tiro di schioppo lei, in mezzo a un rèmolo che se la frullava in tondo come una penna, e che urlava da schiantare il core: "Oh, moio! oh, moio! mamma, mamma, moio!". Batone, hai sangue nelle vene? Tiralo fòri fino all'ultima gocciola perché ora è tempo.

Mi sentii una vampata al cervello; tutto il freddo che m'intirizziva si mutò in un bollore che mi pareva di prender foco, e mi sentii tornare nelle braccia la forza d'un liofante. Notavo com'un pesce e in quattro palate gli fui addosso. Lei che s'accorse d'avermi vicino, ricominciò a urlare più disperata che mai: "Salvatemi, salvatemi", e si storceva e allungava le mani per agguantarmi...».

«Vergine santissima!», esclamò la Carlotta rabbrividendo. Gli uomini tacevano e guardavano fissi la faccia del vecchio.

Nel calore del racconto, Batone si era alzato dalla sua panca e, ritto nel fondo del camino, sulla cui parete affumicata campeggiava la sua bruna figura scabra e robusta come il tronco d'un vecchio cerro, con una mimica più eloquente della rozza parola, così proseguiva il suo racconto:

«Subito che gli fui sopra: "Ferma!" gli urlai... "Ferma, ti salvo... Se non mi lasci andare, s'affoga... Per carità... ahi! ma fai male... mi strozzi!". Chi gli avesse dato quella forza non lo so. Con un braccio mi si avviticchiò al collo tanto stretta che mi faceva schizzar gli occhi di testa, e con quell'altra mano mi s'agguantò alla barba e me la tirava da farmi vedere le stelle. Per fortuna avevo sempre le braccia libere e alla peggio mi tenevo a galla.

In questo tempo la corrente ci aveva ripresi e ci volava via come fulmini. Io con quanta forza avevo, lavoravo per staccarmela, ma non c'era verso; la staccavo da una parte e mi si riattaccava da quell'altra; mi levava l'unghie dalla barba, e me le ficcava nelle gote e ne' capelli... A un tratto m'avvedo che la corrente ci portava a sbacchiare nella sassaia delle grotte! "Dio eterno! ecco la mi' ora, son morto, son morto!" E nello stesso tempo, come se fossi entrato nel ritrécine d'un mulino, mi sento svoltolato e sbatacchiato giù attraverso alle palafitte... E quella a stringermi più che mai! Nell'abbaruffarci mi s'imbrogliarono anche le gambe fra le sottane e in un batter d'occhio mi sentii tirare a capo fitto nel fondo, come se m'avessero legato una màcina al collo».

«Dio del cielo! e voi, babbo?», domandò Cencio spaventato.

«La disperazione mi prese; non vi saprei dire bene quello che feci; ma ho un barlume d'idea che gli strappai i vestiti, la morsi, mi spellai le mani e la faccia nelle pietre... A un tratto eccoci daccapo a galla! "Lasciami!" Dio eterno... nulla! Ebbi appena tempo di ripigliar fiato e daccapo giù... Quello che mi passò per la testa in que' momenti, non lo pòl sapere altro che chi ci s'è ritrovato. Mi pareva di scoppiare; sentivo un buratto negli orecchi e un frizzore negli occhi e nel naso come se mi ci fosse entrato dello zolfo. Pensai alla mi' Rosa, al mi' Cencio, al mi' cane, alla mi' bilancia, al mi' orto... Dio, Dio! che momenti, che momenti son quelli! Volevo urlare aiuto anch'io, ma tutte le volte che mi provavo mi pareva che mi tirassero una martellata nel capo, e sentivo la morte che veniva... Faccio un ultimo sforzo per liberarmi da quelle tenaglie... Angioli del paradiso! sento le braccia di quella creatura che m'abbandonano cionche...»

«Era morta?!»

«...e mi scivola via e non me la sento più accanto! Cercai, annaspai colle mani e co' piedi, ma nulla! Allora poi cominciai a sentire che non resistevo più; le forze se n'andavano, la memoria m'abbandonava e, Dio mi perdoni, non pensai più a lei; cercai di tornare a galla e mi riescì, ma rovinato e sfinito com'un moribondo, raccomandandomi l'anima perché ormai m'ero fatto perso.

A un tratto mi sento strisciar roba sul petto, l'agguanto, era un vergone di vétrice della ripa. Comincio a tirarmi su con quel po' di fiato che mi dava la disperazione quando mi vedo rammulinare d'intorno un ciuffo di capelli. Dio onnipotente! era lei, lì, a fior d'acqua, accanto a me! Agguantarla, rammucchiare quel po' di sangue che mi restava e tirarmela dietro sulla ripa fu tutt'una... Quello che feci dopo non lo so. La sera verso le sette mi trovai in casa di Bagnolino delle Steccaie sopra uno strapunto vicino al foco, e lì mi resero ogni cosa: le mi' scarpe, la cacciatora, la bilancia e quella pipa, ché avevan ritrovato tutto sul puntone, e mi dissero che era viva anche lei.»

«Ah! ma dunque?...»

«Era viva anche lei, povera Agnese!...»

«Agnese!»

«Lei; proprio lei! Che bella carità gli feci a salvarla, eh? Ma Dio c'è per tutti e avrà pensato anche a quell'anima sconsolata!», disse Batone, e ritornò a sedere in fondo alla sua panca, brontolando: «Com'è finita male! com'è finita male! e non se lo meritava... Il destino, il destino!». E per alcuni minuti rimase immobile col capo alto appoggiato alla mensola a guardare le faville che si perdevano crepitando su per il buio della cappa.

In questo tempo la Carlotta, dietro un cenno di Cencio, s'era alzata camminando in punta di piedi, e dopo aver messo sulla tavola sei bicchieri e un fiasco di vino, era ritornata al suo posto.

Batone la guardò, e:

«Carlotta, accèndimi il lume; voglio andare a letto».

«No, no!», dissero tutti insieme. «Un momento, Batone, cinque minuti soli; si vòl bere un bicchier di vino alla vostra salute, e voi dovete bere con noi, se no ci fate torto.»

E gli si accostarono porgendogli ognuno il proprio bicchiere colmo.

Batone non voleva parere, ma era commosso, e ricusò di bere finché, vinto dalla affettuosa insistenza dei giovani, prese in mano un bicchiere, lo alzò per guardarne la limpidezza attraverso al lume, ma il suo braccio tremava e nel portarselo alla bocca se lo versò mezzo giù per la barba.

«Ah! lo vedete?», disse indispettito, «non sono più bono a nulla. Lasciatemi stare, lasciatemi stare, giovinotti.»

«È allegria, Batone, è allegria! alla vostra salute!», e bevvero battendo insieme i bicchieri.

«Sì, sì; voi altri chiamatela allegria, e io la chiamo vecchiaia. Carlotta, il lume.»

Lo prese e, accompagnato dagli sguardi de' suoi giovani amici, con passo vacillante si allontanò nel fondo della stanza, grattandosi il capo e brontolando: «Eran diciott'anni che ci fumavo... E anche lei è finita... Com'è finita male! com'è finita male!».

Vanno in Maremma

Questa me la raccontò nel canto del fòco l'amico Raffaello, quella sera che m'invitò a cena a mangiare le pappardelle sulla lepre.

Il sei di dicembre dell'anno passato, te ne ricorderai e se non te ne ricordi non importa, fece un tempo da diavoli. A guardare la montagna poi, era uno spavento; e anche di quaggiù si sentiva la romba della bufera che mugolava fra i castagni, mandando fino a noi qualche foglia secca insieme col sinibbio che strepitava sui vetri delle finestre come la grandine. Io son fatto peggio delle gru: più cattivo è il tempo, e più sento il bisogno d'essere in giro. E volli uscire con lo schioppo in cerca di qualche animale.
A un mezzo miglio da casa, sulla via maestra, incontrai Maso del Gallo tutto imbacuccato, e lo fermai per sentire se sapeva punti beccaccini.
«Dio signore! sor Raffaello», mi disse soffiandosi nelle mani, «non mi faccia fermare; mi par d'esser diventato un pezzo di marmo.»
«Insegnami un beccaccino.»
«Ce n'ho uno nella madia che l'ammazzai l'altra sera all'aspetto. Se vòl quello, lo vada a pigliare, ma altri non ne so davvero.»
«O come mai?»
«O dove li vòl trovare, benedetto lei, se è tutto una spera di ghiaccio? Torni, torni indietro, ché piglierà un malanno. Ma non lo sente che lavoro è questo?»
Infatti si durava fatica a star ritti, tanta era la forza del vento gelato che, avendogli voltato contro le spalle, ci tormentava sbacchiandoci nel collo un nevischio duro e tagliente come vetro.
Distratto da una truppa di cinque persone che ci passarono accanto, domandai a Maso: «O que' disgraziati?».
«Son montanini; non li vede? Vanno in Maremma... Arrivederlo signorìa, in bocca al lupo; ma torni indietro, dia retta a un ignorante... brèèè!...»
E si allontanò lesto lesto, battendo forte i piedi per riscaldarsi.
Io rimasi un momento a guardare impensierito quei poveri diavoli. Quella era di certo una di quelle famiglie che nell'inverno emigrano dalla montagna, snidate dal rigore della stagione e dalla fame: il babbo, la mamma, due ragazzetti sotto i dodici anni e una bambina che, come seppi dopo, ne aveva otto appena compiti.
Il babbo, un ometto sulla cinquantina, basso, già curvo, con le gambe a roncolo, stava avanti alla piccola brigata, strascicandosi dietro faticosamente i suoi gravi zoccoli con le suola di legno alta tre dita; aveva in capo un berrettaccio intignato di pelle di volpe, calzoni formati di cento toppe di altrettanti colori sudici e sbiaditi, e giacchetta di mezza lana quasi nuova, di sotto alla quale scaturiva la lama d'una roncola e il manico d'una mannaretta raccomandate alla cintola, e teneva per il ferro una scure, servendosene come di mazza. Col bastone si teneva sulla spalla sinistra un sacchetto di castagne.
Dietro a lui subito venivano i due bambini vestiti press'a poco come il babbo; con più una straccio di pezzola passata sopra al berretto e legata sotto la gola per difendersi il collo dalla neve.
Il primo, con un ombrellone a tracolla tenuto da uno spago, se la rideva divertendosi a fare i passi lunghi dietro a quelli del babbo, mentre tirava a stratte misurate il fratello minore che gli andava dietro frignando e zoppicando, forse pei geloni ammaccati dentro un paio di scarponi da uomo sfondati e senza legàcciolo.
Questo piccolo disgraziato, a forza di rasciugarsi il moccio e le lacrime con la manica della giacchetta, se l'era ridotta, fino al gomito, un cartoccio di ghiaccio.
Dieci passi addietro veniva la mamma, pallida, smunta, impettita, con gli occhi a terra, camminando a ondate gravi come tutti gli abitanti delle montagne, la quale, avendo infilato il braccio sinistro nel manico d'un paniere, teneva la mano sotto al grembiule, e con l'altra quasi strascicava la bambina che, inciampando in tutti i sassi, le andava dietro come un orsacchiotto, rinfagottata in un lacero

giacchettone da uomo che le toccava terra. Aveva i suoi duri zoccoletti di legno, e le mani rinvoltate dentro a degli stracci fermati al polso con fili di ginestra.

La strada doveva a loro sembrare in quel momento poco faticosa, perché il vento se li portava quasi in collo e li balestrava ora di qua, ora di là dalla via, facendo schioccare come fruste que' po' di cenci che avevano addosso.

«Vanno in Maremma!», aveva detto Maso. «Quando ci arriveranno? Come ci arriveranno?»: questo chiedevo a me stesso, e non sapevo levar gli occhi da dosso a quel compassionevole gruppo che fra pochi minuti non avrei più potuto scorgere attraverso alla nebbia del nevischio.

Volli andargli dietro, volli discorrere col vecchio capofila, e affrettando il passo, in pochi salti gli fui accanto.

«Stagionaccia, galantuomo», dissi per attaccar discorso.

«Bella non è davvero, signor mio.»

«Andate molto lontano?»

«Per le Maremme.»

«In che luogo?»

«Talamone.»

Egli, vedendomi fare un movimento che voleva dire un «perdio!» di quelli che chi li tiene in corpo è bravo, mi guardò, sorrise, e continuò:

«Non c'è mica poi tanto, sapete. Di qui passerà poco le cento miglia. Si va su su, adagio adagio, coll'aiuto di Dio, e quest'altra settimana, alla più lunga sabato, s'arriva. La strada, non dubitare, la conosco bene; sono trentacinque anni che la faccio; la sorte m'ha sempre assistito, e per grazia del cielo eccomi qui. L'anno passato ci menai questo solo», disse, accennandomi con una spallata il bambino che misurava il passo, il quale nel sentirsi rammentare perse il tempo per guardarmi, e dando un inciampicone negli zoccoli di suo padre, andò a battere il naso nel sacchetto delle castagne che il vecchio teneva a spalla. «Ci menai questo solo l'altr'anno. Fino a Grosseto, come Dio volle, ce la fece; lì però gli si sbucciò un piede e mi toccò a portarmelo a cavalluccio... Son poche miglia di lì a Talamone. Ma quest'anno, caro signore, m'è toccato menarli tutti.»

«È la tua famiglia questa?»

«Questi due sono miei, sissignore; e quella bimbetta lì che, se la guardate, ha ott'anni finiti e non gli se ne darebbe sei da' gran patimenti di su' madre che non gli ha mai voluto bene, è d'un mi' fratello che anno di là morì alla macchia d'una perniciosa. Mi si raccomandò tanto che ci pensassi io, che quando la su' mamma quest'agosto riprese marito, non gliela volli lasciare; come che avendo anche l'approvazione del curato, non gliela rendo più. E quella è Zita, la mi' moglie.»

«Buon giorno, sposa», risposi ad un saluto malinconico che mi fece con gli occhi, movendo appena la testa.

«E perché, dovendo condurre questi poveri piccini, non sei andato col vapore o almeno con un po' di barroccio?»

«Ci sarei andato volentieri anch'io, caro signore, con un bel barroccio che ci si va anche con poco», disse guardandomi sgomento, «ma come si fa? Se le cose anderanno bene, state allegri ragazzi», disse volgendosi ai piccini, «si vedrà di farne un po' in barroccio al ritorno.»

«Più volentieri», continuò volgendosi di nuovo a me, «più volentieri li avrei fatti restare tutti a casa; ma non avevo da lasciargli nulla, signore mio, nulla! nemmanco un po' di farina per isvernare.»

«Sta bene; ma per la via come la rimedî?»

«Si fa alla meglio, a dirlo a voi; si va alla carità di questi contadini, e, per dirla giusta, pochi fin qui me l'hanno ricusata la capanna per dormire e un tozzerello di pane. Lì ci abbiamo de' necci,» e mi accennò il paniere della moglie, «e qui dentro ci ho delle castagne, che se non ci segue disgrazie di doverci fermare, ci basta quasi per arrivare al posto.»

Detti un'occhiata al paniere, al sacchetto e a quelle cinque facce sofferenti, e mi sentii correre instintivamente la mano al portafogli. Presi quel poco che mi parve, perché, tu lo sai, disgraziatamente ho da pensare troppo a me, e accostatomi al bambino maggiore gli detti con cautela, perché non vedesse suo padre, un piccolo foglio. Mi guardò spaurito, guardò quel che aveva nella mano, e chiamando suo padre incominciò a gridare:

«O babbo! o babbo! guardate cosa m'ha dato questo signore! O cos'è? o cos'è».

«Digli "Dio vi rimeriti" a questo signore, Tonino; digli "Dio vi rimeriti"...»

«Non importa, non importa. Addio, monello; buon viaggio e buona fortuna, galantuomo.»
«Altrettanto a voi, signore, e state fiero.»
Quando la madre, che aveva mantenuto i suoi dieci passi di distanza, mi passò davanti «Dio vi benedica!» mi disse. E stetti qualche momento a vederli allontanare tra la bufera, che rammulinava la neve sempre più gelata e più folta, fischiando attraverso gli alberi brulli della via.

Qui Raffaello s'interruppe per dire a Gano che buttasse un altro ciocco sul fuoco; poi, dopo esser rimasto qualche momento col capo basso a pensare, lo rialzò per domandarmi: «Che ne sarà stato?».

Primavera

Folta delle sue nuove foglie, una vecchia querce gode la vita slanciando al sole di maggio le braccia robuste, e il vento canta alla primavera tra le sue fronde sonore.
Canta alla primavera che ride intorno odorata, e nuota voluttuosa sull'onda delle verdi mèssi e tra i pampani e tra i fiori ondeggianti a un limpido sole, cullando ne' loro aperti calici l'amore di mille insetti felici; e il polline giallo, commosso da tante ebbrezze, vola col vento a preparare altri profumi, altri fiori alla eterna giovinezza dei campi.
In mezzo a tanto lusso di vita, stanchi nelle membra e freddi nel core, una bianca vecchierella e un magro vecchietto, seduti uno accanto all'altro all'ombra della querce, godono tranquilli il riposo del meriggio.
«Fa caldo oggi, sapete? fa caldo.» E così dicendo, la giovereccia vecchierella si allenta il busto, si scioglie il nodo alla pezzuola che le fascia la testa, e facendosi vento con quella, si abbandona resupina col capo fra i fiori rossi del suo fascio di lupinella.
Il vecchio la guarda distratto; una folla di nebbiose reminiscenze gli corre alla memoria, e appoggiandosi anch'egli al suo fascio di trifoglio, ripesca un frammento d'ottava da lui improvvisata sessanta anni or sono, una notte d'agosto, sotto la finestra della sua Gioconda; e guardando smemorato all'aria, pensa e canta a bassa voce:

> Se ancor, dolcezza mia, non lo sapete
> Dove per me s'è aperto il paradiso,
> Guardatevi allo specchio e lo vedrete
> Tutto dinanzi a voi nel vostro viso...

Oh! com'era bella, com'era bella Gioconda a sedici anni! Nella sua bianca casetta accucciata all'ombra d'un noce e di due giovani gelsi, stava sempre la gioia, e Gioconda era l'idolo di tutti, perché anche le sue compagne, buttato da parte ogni piccolo sentimento d'invidia, se la guardavano compiacendosene e le volevano bene.
La stanza del suo telaio situata a terreno dava sulla via; lì era il ritrovo favorito delle sue liete vicine, e fra i discorsi, i canti e le cordiali risate, moveva sempre di là un festoso baccano che riempiva di buon umore il viso delle povere nonne, sedute lì presso sulle porte a filare, le quali si beavano in quelle risa e in quei canti come in un ritorno soave alle gioie perdute dei loro giovani anni.
I giovanotti che passavano gettando la grassa arguzia in quel crocchio di spensierate, o che si fermavano sulla porta ad agognare, erano le loro vittime predilette; Cecco aveva le gambe torte; Pippo si struggeva de' baffi e s'insegava e si martirizzava continuamente quelle quattro setole che non volevano allungare; lo Spagnolino buttava i piedi a gallo, e Rocco, povero Rocco! aveva la lisca. E lo strapazzavano e gli facevano il verso tutte le volte che timido timido si affacciava a tartagliare qualche goffa galanteria; e allora ridi pure, amore mio! ed erano tali risate che quelle monelle duravano, a volte, a sganasciarsi per una ventina di minuti senza aver tempo né discrezione di chetarsi neanche per un momento a ripigliar fiato.
E Rocco si allontanava afflitto, colla coda fra le gambe, pensando alle trecce della sua Gioconda, e sospirava più fitto dei colpi del telaio che lo accompagnavano insieme con gli scoppi di risa, finché,

rintanato nel fondo della stalla, si sfogava a dar pedate nella pancia del suo povero ciuco, e a palpare le cosce delle sue giovenche, orgoglio della casata, invidia dei contadini dei dintorni e ghiottoneria troppo preziosa per Simone macellaro.

Ma quelle risa e quei canti a volte cessavano ad un tratto; e allora le bianche nonne del vicinato, capito subito di che si trattava, alzavano gli occhi dal fuso e voltandosi verso la porta del telaio vedevano Maso, che, appoggiato con artistica posa allo stipite di quella, girava su quel gruppo di fresche giovinotte i suoi fieri occhi innamorati per incontrarsi con quelli dolci e sereni della sua Gioconda, la quale, fatto un languido saluto, arrossendo li abbassava sulla spola che allora cominciava a correre più agile e più umorosa attraverso all'ordito della sua tela.

Oh! che bei tempi erano quelli! Quanti ricordi amaramente soavi scendono al core dalle mura di quella bianca casetta! Quante confuse memorie sotto l'ombra di quel noce e di quei gelsi, sempre verdi e frondosi come a quei giorni tanto lontani!

E nulla par cambiato là intorno. Quelle siepi cariche di fiori di biancospino, quegli argini smaltati di rosolacci e di pratoline che fiancheggiano la via che mena alla chiesa, pare che aspettino sempre le limpide domeniche di maggio, quando Gioconda, in mezzo a una corona di giovani amiche che godevano al riflesso della sua bellezza, passava fresca e profumata come una rosa, con gli sguardi a terra fra le occhiate di fuoco dei giovanotti che l'aspettavano sparsi qua e là in piccoli gruppi lungo la via. E fra quei giovanotti c'era anche Maso, ravviato, lindo, con la barba fatta d'allora, con la sua bella giacchetta di frustagno turchino, cappello nero di felpa e garofano rosso dentro al nastro di quello. E a lui toccava un'occhiata e un lieve sorriso che lo spingeva a stendere affettuoso un braccio sul collo dell'amico più vicino, ed a correre subito in fondo di chiesa accanto all'altare, per chiedere, in tempo della messa, un altro sorriso almeno e un'altra occhiata alla sua Gioconda, che tutta rossa e confusa gliene dava mille pur non volendogliene dare nemmeno una.

Dio avrà perdonato a Maso la profanazione, perché anche il povero priore morto non credeva di far male quando voltandosi al Dominus vobiscum, guardava il cielo, il viso di Gioconda, e riportava puri i suoi occhi sulla mistica mensa.

E Gioconda e Maso non poterono mai essere sposi. Si amarono lungamente, si amarono molto, si amarono forse troppo... ma il destino non li volle uniti.

Quando lui tornò da fare il soldato, dove stette diciotto anni, la trovò sposa e madre di quattro bambini. Rocco, quello della lisca, delle pedate al ciuco e delle grasse giovenche, l'aveva sposata già da dodici anni. Rocco ebbe da quel tempo fino alla morte tutto l'affetto della sua Gioconda: a Maso, restò sempre l'amore.

«E ora è tardi!», pensò Maso, alzando adagio adagio il capo dal suo fascio di trifoglio. «È tardi!» e si mise a guardare il viso della sua Gioconda mezza addormentata col capo tra i fiori di lupinella, per cercarvi almeno una ultima traccia della perduta bellezza.

La pelle floscia e lentigginosa di quel collo la vide a poco a poco ritornar bianca e levigata; sparirono ad una ad una le mille rughe di quelle gote vizze che gli apparvero fresche e piene di giovane sangue: al terreo colore di quelle subentrò l'incarnato della rosa; i radi e bianchi capelli ritornarono biondi e raccolti in trecce abbondanti, e dopo sessant'anni la rivide giovane e bella, e riamò, giovane anch'egli, quella che soleva chiamare la passione dell'anima sua.

La primavera intanto sospirava calda pei campi, rubando odori e gorgheggi ai fiori sbocciati con l'erba e alle cinciallegre in amore.

Maso si spenzolò col suo sul viso della sua Gioconda per deporvi un bacio, ma Gioconda, sentendo un alito caldo sulla faccia, aprì gli occhi, colse il pensiero del vecchio nel sorriso che gli brillava negli occhi imbambolati, e guardandolo fisso e sorridendo anch'essa: «E ora che avete? vecchio pazzo!», gli disse.

Il vecchio non rispose, ma accostandosi agli orecchi di lei, vi sussurrò qualche parola che provocando in ambedue uno scoppio di omeriche risa, li ributtò supini tra i fiori dell'erba a mostrare al cielo ridente le loro povere bocche larghe e sdentate.

Il vento prese quelle voci, e portandole a volo aggiunse anche quella rauca nota alle misteriose armonie del creato.

Il merlo di Vestro

Il benemerito signor canonico Sinigaglia, capitato in paese per la solenne occasione, teneva quella sera la presidenza dell'innocuo conciliabolo reazionario. Vestro aveva perfino fatto le ballotte, ed aveva rifrustato con tanto calore la povera cantina da portar su in bottega una mezza dozzina di bottiglie di vinsanto vecchio, colle quali tanto si comunicarono i priori e i cappellani indigeni ed esotici del circondario, da preparare più che comodamente il letto alla pappatoria della mattina seguente, dovendosi festeggiare appunto il giorno dipoi, nella pievania, la festa del titolare, il beato San Remigio martire.

La conversazione era stata briosa fino dal principio, ma alla quinta bottiglia vi fu un momento di vero entusiasmo a beneficio dell'illustrissimo signor Canonico. Ribevvero tutti alla sua preziosa salute, parlarono della santa causa, lessero, fra le acclamazioni, un articolo furibondo della Stella Cattolica, mangiarono un libero pensatore per uno ed empirono il pavimento di gusci di ballotte biasciate.

Vestro schizzava dalla contentezza trovandosi in mezzo ad un elemento così omogeneo ai suoi principii ultracattolici, e si fece diventare il naso gonfio e rosso come un peperone dalle gran prese di tabacco offertegli dal signor Canonico; regalo che non volle mai rifiutare, quantunque non prendesse tabacco, per non disgustare l'eminente personaggio che quella sera erasi degnato di onorare la sua povera merceria.

E il Canonico gonfiava come un tacchino, rosso scarlatto e tutto sudato per la commozione di vedersi fatto segno d'un rispetto e d'una ammirazione, dalla quale i suoi colleghi del Capitolo l'avevan divezzato già da un bel pezzo, «Birbanti!», diceva tra sé il povero Canonico, ripensando alle sue amarezze, «birbanti!», e stringeva forte la mano e si voltava sorridendo malinconicamente a Vestro, che, guardandolo estatico, prendeva per emanazione del cielo le zaffate composte che gli dava nel naso il buon reverendo, il quale non finiva mai di lodare a gloria il trattamento tanto più gradito, quanto più semplice e spontaneo offertogli dal popolano esemplare.

Vestro sorrise tutta la sera imbambolato, tacque e sospirò come l'innamorato novizio accanto alla bella, e fece sentire per la prima volta la sua voce quando mostrò il suo merlo, tanto bravo, al signor Canonico; il quale, dopo averlo esaminato con severa attenzione, si compiacque assicurare l'uditorio che era maschio. E:

«Ditemi, Silvestro; in che consisterebbe la bravura di questo animale?».

I priori e i cappellani esotici ed indigeni dettero, a quella domanda, in una gran risata, per la quale la dignità del Canonico restò alquanto offesa. Ma il Piovano che se ne avvide, gli si accostò e sotto voce gli dette la spiegazione di quella risata, che fu seguita subito da un'altra grossissima, alla quale anche il signor Canonico si compiacque di prender parte battendo con una mano sulla zucca bernoccoluta di Vestro, come per dire «Ah! gran cervello bizzarro c'è qui dentro! Che matto, che matto!».

«Eppoi, sa? lustrissimo; il bello si è che c'è quel calzolaro là difaccia... lo chiamano Ciuciante di soprannome... è un liberale lui!.. che quando lo sente piglia certi cappelli! perché dice che l'ho ammaestrato apposta per fargli dispetto. Ma che crede che ci si faccia poche risate?... Eh Cappellano?»

«Ma ci s'è ammattito tanto a ammaestrarlo!», osservò il Cappellano; «quante mattine ci s'è perso di là in corte a fischiare perché imparasse...»

E tirato il Canonico in un cantuccio, gli raccontò come Vestro e lui avevano davvero ammaestrato il merlo a dire a quella maniera, perché «Deve sapere che quel vile ci ha il su' figliolo più piccolo, al quale specialmente quando passa qualche sacerdote, domanda: "Palestro", senta che nome! "Palestro chi ci stà lassù?", accennandogli il cielo. E il su' figliolo, una creatura di tre anni, signor Canonico! gli risponde... gli risponde a quella maniera».

Il Canonico fece un atto d'orrore, al quale corrisposero gli altri preti dando un'occhiata in cagnesco alla bottega di Ciuciante, il quale era dentro a lavorare, e la cui ombra, come un'apparizione infernale, si disegnava mobile e nera in grotteschi atteggiamenti sui cristalli appannati della vetrata.

«E sa con che cosa, lustrissimo», riprese Vestro; «con le mosche! Me le porta Stefano droghiere, che le piglia a manate sotto 'l velo de' pasticcini. Guardi che fogliata me n'ha portata dianzi!»

Ne dette una al merlo che venne a prendergliela in mano, e dopo una strizzatina d'occhi al Cappellano:

«Ma che gli si deve far sentire davvero, Cappellano, al signor Canonico?».

«Per me, fate come volete, Vestro; ma ricordatevi che son du' giorni che quel birbone è dimolto nero perché ci ha 'l su' ragazzo a letto, malato. Badate che non gli salti il ticchio di farvi qualche bravata.»

Ma Vestro, un po' pel vinsanto che aveva in corpo e un po' perché si credeva inviolabile sotto la protezione del signor Canonico:

«Si starà a vedere», disse, «se quel mangiacristiani m'ammazzerà. Stasera s'ha a stare allegri».

E così dicendo prese la gabbia e, dopo averla attaccata fuori a un chiodo di fianco alla porta, rientrò in bottega ad aspettare il canto del merlo.

Ai preti garbò poco quella faccenda, perché, sia detto qui fra noi, avevano una paura maledetta di quel birbone, e furono contentissimi di sentire che il merlo non apriva bocca. Ma Vestro non la intendeva così, e:

«Ora, ora sentiranno!», disse. Prese il foglio delle mosche, lo svolse e sporgendo un braccio fuori dell'uscio, lo fece vedere al merlo, il quale, volteggiando rapido per la gabbia, fischiò subito, forte forte... a quella maniera.

Nell'istante si sentì aprire e richiudere bruscamente la vetrata di Ciuciante, e nello stesso tempo una gran botta nel muro e un sinistro sgretolìo di stecchi, come se la gabbia fosse andata in bricioli.

«Me l'ha ammazzato, quell'infame!», ruggì Vestro disperatamente. Corse fuori e rientrò in bottega bianco come un panno lavato, tenendo in mano la gabbia sfondata dentro alla quale, in luogo del merlo, stava immobile e grave una forma da scarpe quasi più grande del vero.

Vestro rimase qualche momento con la gabbia in mano a guardare tutti con occhi stravolti, dicendo con voce di spasimo lenta e soffocata:

«Quell'infame, cosa m'ha fatto!... Cosa m'ha fatto quell'infame!...».

I preti, inchiodati sui loro panchetti dalla paura, non aprivano bocca.

Improvvisamente Vestro fu preso come da una ispirazione divina: agguantò un lume e corse a guardare per terra sotto al chiodo della gabbia... «Nulla! È volato!... Infame!» Chiuse la forma dentro una cassetta, si ficcò il cappello, e: «Signori mi scusino... Signor Canonico, mi compatisca... bisogna che chiuda. E lei, signor Piovano, se mai domani quella bestia capitasse alla su' uccelliera... mi raccomando a lei signorìa... Riconoscere lo deve riconoscere di certo anche lei dall'ugnòlo che gli manca, se ne ricorda? qui alla zampa sinistra... ma per carità...».

«Non dubitate, Vestro: ma ricordatevi che domattina presto abbiamo bisogno di voi.»

«Non mancherò, non dubiti. Felice notte, signorìa.»

«Felice notte.»

«Buon riposo.»

«Buona notte, Silvestro.»

«Signor Canonico, buon riposo.»

«Buona notte.»

I preti sfilarono chiòtti chiòtti al buio rasente al muro, e Vestro corse a dare le intese a tutti i tenditori del vicinato.

Ciuciante, battendo il tempo col martello sopra un tomaio, cantava a gargàna spiegata la vecchia aria:

> Né lingua né becco, né gola non ha...
> Povero merlo! come farà a canta'?

«Nulla, Filandro stamattina?», domandava il Piovano entrando groppon gropponi nel capanno dell'uccelliera.

«Non si vede nulla, signor padrone. Du' stipaiole uniche, e c'è un merlo impaniato che andavo a pigliarlo ora.»

«Giurammio baccaccio! o dunque come si rimedia?»

«Che cosa?»

«Si resta corti coll'arrosto!»

«Che vòl che gli dica? gliel'allunghi con un po' di maiale.»
«L'ho bell'e fatto prendere, che tu sia benedetto! Ma se non gli do almeno un par di tordi e se' uccellini a testa a que' ventri di lupo, son capaci d'andar a dire che non si son levati la fame.»
«Mah! faccia lei, signorìa.»
«Va' a pigliare il merlo, lesto...»
«Signor padrone!»
«Che c'è?»
«Eppure mi pare... Dio onnipotente! ma dica, le combinazioni!... guardi quest'ugnòlo! eppoi è quasi agevole! Figuriamoci la contentezza di Vestro quando gli dirò...»
«Dàmmi qua.»
«Tenga: ma badi... O che lo schiaccia? No!.. ecco o perché?... lei signorìa fa celia, eh... Dio signore, non s'è stato sugo!»
Il merlo, buttato in un cantuccio del capanno, fece un par di capriole sbatacchiando le ali, aprì la coda a ventaglio, la tòrse lentamente di qua e di là, tremò, spalancò il becco, lo richiuse e s'allungò stecchito accanto alle due stipaiole.

Vestro ha già sonato cinque volte la campana grossa, perché Filandro è alla tesa; ha già servito quattro messe e ora serve la quinta. Ma si vede chiaro che quell'uomo oggi ha qualche cosa per la testa, perché non la serve bene come gli altri giorni. Ha sbagliato un par di volte, e dianzi ha fatto degli ammicchi a Perzillo, il tenditore del Palazzi, che era laggiù in fondo dalla piletta. Ora fa lo stesso garbo al Tentoni. E il Tentoni? Ha scosso il capo come per dirgli di no.
Ma!.. chi ne capisce nulla?

«Giurammio baccaccio! o quante volte le devo dire io le cose? T'ho detto che te e Filandro dovete servire a tavola, e lo Scopetani non deve uscire di cucina! L'hai capita, sì o no?»
«Sì, signore: l'ho capita. Ma come fa quell'omo solo a bastare a tutto?»
«Non c'è nessuno che gli possa dare una mano?»
«Si deve dire a Vestro?»
«Dillo anche al diavolo, ma spicciati. La minestra è cotta?»
«Fra cinque minuti li mando a tavola.»
«Dunque via!»
Questo dialogo accadeva in sagrestia fra la serva e il Piovano, il quale, insieme col Canonico e con altri due preti spiccioli si spogliava, finita la messa cantata.
«Prosit, signor Piovano.»
«Grazie.»
«Signor Piovano, signori, prosit!»
«Grazie.»
«Grazie.»
I contadini benaffetti uscivano di chiesa passando attraverso alla sagrestia dalla porticina della canonica, dalla quale, ogni volta che l'aprivano, sbucava una nuvolata di fumo di fritto a mescolarsi con quello dell'incenso; e tra la nebbia grassa si vedeva Vestro accerito com'un gambero, con un gran grembiulone bianco, un tegamino d'olio e una penna di falco in mano che, mogio mogio, ungeva l'arrosto. Teneva fissi gli occhi allo spiede, e i suoi pensieri intanto giravano anch'essi lenti e malinconici, quando gli parve... «Ah! che imbecille che sono!..» il girarrosto andava, e le zampe degli uccelli si voltarono tremolando e sfrigolando dalla parte del fuoco. Ma ricomparvero presto nere e intirizzite a turbare l'animo del povero Vestro il quale... «Signore Dio», disse, «tenetemi le vostre sante mani in capo, se no mi rovino!» Détte una lunga fregata con la penna e si abbassò col viso per osservar meglio... Ma il girarrosto andava, e i buzzi dei frolli s'erano già tolti alla sua vista, seminando unto e budella sui tizzi che fiammeggiavano fumanti. Passarono i petti, passarono i capi, passarono le groppe gialle, ripassarono i - tac - il girarrosto si fermò.
Filandro che in quel momento rientrava in cucina carico di scodelle vuote, quando vide il girarrosto fermo e Vestro che non alitava, con tanto d'occhi fuori, abbassato sullo spiede:
«È mi garba davvero cotesto lavoro!», disse a Vestro. «Ricaricatelo, e subito, se no vi brucia tutto da una parte.»

Vestro per tutta risposta, gli si avventò al collo come una pantera, e:
«Chi m'ha ammazzato il merlo?».
«Ah... ahi!»
«Chi me l'ha ammazzato? Dillo, dillo, dillo: se no ti strozzo, per la dannazione dell'anima mia!»
«Io no permio... ahi!»
«Dunque chi?»
«Il signor Piovano: ma io... No, no, Vestro no, permio, lo sciupate! Ma che siete impazzato? Smettete, via, troncherete ogni cosa... E ora?... Uh! pover'a noi! pover'a noi! pover'a noi!»

Era passata una ventina di minuti dopo lo zampone, e l'arrosto non veniva in tavola. I commensali tutti, compreso il benemerito signor Canonico, cominciavano a impensierirsi seriamente per quel famoso cantuccino dello stomaco lasciato appositamente per il tordo. Per fortuna a divagarli fu intavolata in tempo una disputa animatissima sulla non ancora ben definita questione: «Se le anime dei dannati, intervenendo nella valle di Giosafat, continueranno a soffrire ossivvero avranno, come opinano i più, una breve tregua ai loro tormenti durante il supremo giudizio», nella quale il canonico Sinigaglia, mi dicono, disse delle cose bellissime... ma l'arrosto non veniva.
Il Piovano non era soltanto impaziente pel ritardo, ma siccome gli era parso d'aver sentito poco avanti un certo fracasso in cucina...
«Ma insomma, dico io, che siete cascati morti tutti di costà?», gridò finalmente, picchiando a mano aperta una gran botta sulla tavola.
«Giurammio baccaccio! ora passa la parte!»
Filandro si affacciò tutto arruffato e spaurito a far cenno al Piovano che andasse di là.
«Con permesso...»
«Faccia, faccia pure.»
E andò di là sbuffando e reggendosi le brache sbottonate che non gli vollero arrivare, quantunque dopo la lombata cogli spinaci avesse ammollato le serre fino all'ultimo punto.

Chi capitasse oggi nella merceria di Vestro troverebbe parecchi cambiamenti, come ne troverebbe anche nell'indole e nelle abitudini del cattolico merciaio.
Sulla mensola di legno che sosteneva il tabernacolo dell'Immacolata Concezione c'è ora un busto di Garibaldi, di gesso colorato; e i due mazzi di fiori secchi, uno di qua e uno di là, sono sostituiti da due bandierine rosse ritagliate dal baldacchino del tabernacolo.
La vecchia stampa dell'Arcangelo San Michele che aveva in mano quello spadone lungo lungo di lingue di fuoco, ha ceduto il posto a una cattiva litografia di Ugo Bassi, anche quella colorata; e il palmizio della mostra e le quattro rappe d'olivo benedetto che erano sulla vetrata, allo scaffale de' bottoni, a quello di faccia e sull'uscio che mette nell'interno della casa, sono sparite. Del ritratto di Leone XIII non se n'è saputo più nulla.
Quando le campane della Pieve suonano a messa, quando passa la comunione, se una folata di vento porta fino alle sue orecchie il suono dell'organo o le voci dei già suoi fratelli della compagnia che cantano a coro, la faccia di Vestro si turba e la sua bocca si atteggia ad un sorriso beffardo e quasi feroce, il quale, qualche volta, a poco a poco si cangia prendendo un'espressione dolorosa di profonda malinconia.
Ciuciante, con tre o quattro amici suoi, viene a veglia da Vestro quando Vestro non va da lui. Stanno allegri che è un gusto, e per il 20 settembre hanno fissato una cena e un gran bandierone da mettersi fuori la mattina.
Il Cappellano è un pezzo che non si vede, ed anche il Piovano ha dovuto finalmente proibirsi di passare davanti alla merceria, perché due volte che s'è provato a farlo gli è costato una spietata amarezza all'anima il vedere Vestro che correva subito a prendere sulle ginocchia il figliolo minore di quel birbone, e gli domandava ad alta voce, perché lo sentisse: «Su, su, Palestro, diglielo a Tato: chi ci sta lassù?». E il figliolo di Ciuciante, una creaturina di tre anni... Basta: Dio gliela perdoni, perché questa è grossa davvero!

Tornan di Maremma

In una botteguccia d'un povero casolare alle falde della montagna stavano due pastori attempati oltre la cinquantina, i quali, appena che fui entrato, attirarono tutta la mia attenzione a motivo di una certa loro aria d'impazienza e di sgomento, per la quale pareva non potessero trovare fermezza. Si asciugavano il sudore dalla faccia senza che fosse caldo, sospiravano forte, e barattando fra loro occhiate dolorose e pochi monosillabi, non levavano un momento gli occhi dalla vetrata per guardare attenti sulla via che per quattro buoni tiri di schioppo si stendeva bianca e polverosa davanti alla porta.

«Voi vorrete bere, eh giovanotto?», mi domandò la padrona, vedendomi sedere in disparte a un tavolino di legno tinto.

«Mangerei anche un boccone, Verdiana, se ci avete qualcosa di buono da darmi.»

«E sa», disse dopo avermi un po' osservato, «mi scusi tanto perché proprio non l'avevo raffigurato. Che fa? sta bene? o la su' famiglia è fiera?»

«Tutti bene: grazie. E voi?»

«Sissignore, mi contento. Quando deve andar male, vada sempre così. O con chi si discorreva di lei l'altro giorno?... Ah! ci passò quello delle strade che viene a contare i monti de' sassi.... sarebbe l'ingegnere? Mi domandò se c'era più stato, e io gli dissi di no. Se vole che gli affrittelli dell'ova, si fa in un momento; se no, gli posso dare un po' di cacio fresco, ma proprio bono. Non ci ho altro.»

«Tre uova pochissimo cotte, e subito.»

«Sissignore.» E si avviò per andarmele a preparare. Ma quando ebbe fatto quattro passi, tornò indietro per dirmi: «A proposito! ci sarebbe del baccalà che ho lessato per quest'omini e per quelli che devon arrivare. Si deve sentire se gliene voglion ricedere un po'?».

«No no; lasciate correre, Verdiana. Piuttosto, a proposito di questi uomini, ditemene qualche cosa: chi sono? di dove vengono? chi deve arrivare? che hanno, ché mi par di vederli tanto affannati?»

«Hanno il mal del povero, glielo dico io cos'hanno; quel malaccio che si tira dietro le sette piaghe peggio della carestia Se lo crede, da un par d'ore che son qui m'hanno straziato il core che mi par d'essere come quando s'è fatto un sognaccio colla febbre. Proprio, a volte, si dà certi casi che, in verità, anche a esser cristiani, ci sarebbe da dire certe eresie da mettere a risico la salvazione dell'anima. Lo vede quello appoggiato al banco, che si gratta la barba? Quello li è il babbo d'un giovanotto che s'innamorò della figliola di quell'altro. Son tutt'e due di per in su; il posto come si chiama non gliel'ho domandato: ma dev'essere dimolto lontano perché dianzi alle dieci quando mi sono arrivati erano stanchi che non ne potevano più, e m'hanno detto che s'eran partiti a levata di sole. Insomma, per fare il discorso breve, dice che que' ragazzi si volevano sposare a tutti i costi, e non c'era, dice, neanche tanto da comprare le panchette del letto. Allora lui, si direbbe il giovanotto, che non s'era mai mosso da casa, perché pare che avesse poca salute, fece un cor risoluto, s'attruppò con de' pecorai di Fiumalbo, e se n'andò per le Maremme a tentar la ventura anche lui. Ma ora, aspetti, gli dico che faccia sentire anche a lei l'ultima lettera che gli ha scritto 'l su' figliolo.»

«No, No! Dio ve ne guardi! Raccontate, raccontate, Verdiana.»

«O l'òva non le vòle?»

«Non importa. Datemi un po' di cacio e tornate qui.»

Io, benché non sapessi ancora di che cosa si trattasse, guardavo con crescente compassione que' due poveri vecchi stralunati, pallidi e polverosi, i quali ora sedendo ora guardandomi sconsolati, e non trovando mai posa in un luogo, pareva che cercassero dove liberarsi da un pensiero tormentoso che li perseguitasse.

«Che ore sono, signore?», mi domandò finalmente uno dei vecchi.

«Sentite? suona mezzogiorno ora alla Pieve.»

Si levarono il cappello, dissero l'Angelus Domini appoggiandosi coi gomiti ai regoli della vetrata, e, dopo essersi scambiati uno sguardo meno desolato degli altri, tornarono a guardare attenti alla via.

In quel momento la padrona mi pose in tavola una fetta di cacio sopra un foglio giallo, un bicchiere e un fiasco di vino, e sedé di nuovo di faccia a me, domandandomi dove s'era rimasti. «Alla lettera che il giovanotto...»

«Ah! sissignore, e sentisse che bella lettera! Quello, secondo me, dev'essere un giovanotto che deve aver letto di molto, perché... Ma, aspetti, gli domando se gliela vòl far legg...»

«No, no! v'ho detto di no.»

«Insomma, una lettera gli dico!.., che, a male agguagliare, dice così: Dice che hanno fatto bene a mandargli a dire della malattia della ragazza; che in quanto a restar butterata nel viso non se ne dessero pena, ché a lui non gliene importava nulla, purché la su' ragazza fosse restata sempre della medesima idea di volergli bene; che lui era fiero; che la Maremma, grazie a Dio, gli era andata bene, e che intanto gli mandava una ventina di lire per le prime spese. Eppoi tant'altre cose, eppo' da ultimo dice che il dì otto, che sarebbe oggi, ritornava, e che mandava un bacio a tutti, e anche alla su' Giuditta. Eppoi, prima di finire, gli dice che in caso d'una disgrazia gliel'hann'a mandare scritto subito, perché lui a casa non ci sarebbe più ritornato.»

I vecchi s'eran fermati a sedere, e ci guardavano fissi, a bocca aperta.

«Dite più adagio, Verdiana, perché vi stanno a sentire.»

«Eh, povera gente! chi sa dov'hanno la testa!», mi rispose la padrona, e continuò: «Il su' babbo, del giovanotto, dice che gli rispose subito la settimana passata che l'aspettavano a gloria, e che la ragazza era addirittura fuori di pericolo».

«Eppoi?»

«Eppoi per fare il discorso breve, la ragazza cominciò a peggiorare appena andato via il postino; la sera, peggio; la mattina dopo, peggio che mai, e ieri sera, per fare un discorso solo, rese l'anima a Dio, e a quest'ora è per la strada che la portano al camposanto.»

«O mio Dio, mio Dio, pigliate anche me, non ne posso più, non ne posso più!» Così dicendo, il babbo della ragazza, che aveva sentito le ultime parole del racconto, si buttò attraverso alla tavola già apparecchiata per loro, dando in un largo scoppio di pianto e lamentandosi con voce rantolosa: «Ah! ah! ah!».

Detti un'occhiata di rimprovero alla padrona e mi alzai all'improvviso per andare da lui; ma tornai subito al mio posto, perso da un senso di rispetto per la santa disperazione di quell'uomo.

Il suo compagno gli si avvicinò, gli pose le mani sulle spalle e si piegò su lui per dirgli qualche parola di consolazione; ma, il pianto gli serrava la gola. E allora guardava noi e accennava il suo compagno, e si contorceva e si mordeva le labbra con un'espressione ora di stupido dolore, ora di rabbia feroce.

Finalmente fece un cor risoluto: si strisciò con una mano la barba, scosse la testa e, voltosi al suo compagno, gli disse con voce ferma e sonora:

«Animo, Marcello; fatevi coraggio, via, fatevi...».

Ma non poté continuare, ché singhiozzando si buttò sulle spalle dell'amico a lamentarsi: «Dio ci vedeva nel core, non ci doveva gastigare così».

«Che mondo, eh, Verdiana?», dissi sbacchiando il cappello e il pugno sulla tavola.

«Che vòl che gli dica? Ho cinquant'anni sonati e a un affare a questa maniera non mi c'ero ancora ritrovata.»

Il vecchio, sentendo come io partecipassi al loro dolore, corse da me; e quasi che io solo fossi stato buono di rendergli la pace, mi si raccomandò, stringendomi forte la mano fra i grossi calli delle sue, che non l'abbandonassi, per carità; che l'assistessi, per l'amor di Dio.

«Figuratevi, amico mio! Ma che posso fare per voi?»

«Non ci abbandoni. Non si voleva neanche venire. Ma quelle donne non c'è stato versi di persuaderle; ci hanno voluto mandare per forza incontro a quel ragazzo per vedere di prepararlo, che se ne facesse una ragione...»

«Sta tutto bene. Ma che gli devo dire io meglio di voi che siete suo padre?»

«Non ci importa, gli dica quello che vòle, lei signorìa gli dirà sempre meglio di noi che siamo du' poveri ignoranti. Mi faccia la carità, signore, perché io, ormai lo sento, appena lo vedo mi manca il core e mi tradisco. Mi prometta di non lasciarci soli, me lo prometta; se no, quel ragazzo mi fa qualche pazzia. Eppoi, ci comandi, e da poveri che siamo c'ingegneremo di ricompensare la su' carità.»

«Mi tratterrò, via. Ma ora datevi pace e bevete un bicchier di vino.»

«Non potrei... No, in coscienza, non potrei... no, lo ringrazio, non lo bevo davvero.»

«O il vostro compagno?»

«Ora s'è dato un po' di pace; lasciamolo stare.»

«Come volete.»

Il vecchio tornò adagio adagio dal suo compagno e tutti e due si misero di nuovo a guardare silenziosi in fondo alla via.

«Non lo finisce il cacio?», mi domandò la padrona.

«Non ho più fame.»

«Beve più?»

«No; portate via ogni cosa; ho finito.»

Accesi la pipa e mi misi in fondo alla bottega seduto a guardare di sopra alle spalle dei vecchi la campagna allegra e gli alberi sottili della via che tremolanti alla brezza del marino lasciavano il loro cotone, il quale vagando intorno per l'aria, cadeva fra gli olivi bianco, lento e silenzioso come la neve. Mi perdevo dietro alle mie fantasticherie malinconiche, quando: «Il cartello di sull'uscio non l'ho mica fatto murare ancora sa?» mi venne a dire a bassa voce la padrona.

«Che cartello?»

«O non si ricorda che l'altra volta ci rise tanto e mi disse che era pieno di spropositi?»

«Ah! sì, sì.»

«Aveva ragione, sa? Un giorno il figliolo dello Scoti, quello che va a scuola dal Piovano, che come lui, dice, per quel che sia la rattenitiva d'imparare le cose, non ce ne pò l'esser altri, ci stette quasi un'ora per ricopiarlo tal quale; eppoi, dopo, fra lui e il signor Cappellano ci hanno studiato tanto e m'hanno detto che lo sbaglio c'era sicuro, perché dice che ci mancava l'i dove si diceva generi... Di che ride?»

«Io?!»

«Credevo... sa, a volte... Dunque anche lei mi dice che ora sta bene?»

«Divinamente. E non lo fate toccar più, se no ve lo sciupano.»

«E allora, sissignore, vòl dire che quando torna Cecchino legnaiolo glielo fo accomodare, si direbbe, in questa conformità.» E tirò fuori di seno la copia corretta del cartello per farmela vedere:

        Pane vino ligori
        e caffè d'altri gieneri

«Non torce un pelo!»

Era passata una ventina di minuti, quando in fondo alla strada comparve un cane bianco da pastori. I vecchi si alzarono con impeto e si misero a guardar bene, facendosi ombra agli occhi con la mano. Ma il cane, dopo aver dato una nasata all'aria, tornò indietro.

«È ci sono, sapete?» disse la padrona ch'era andata a guardare dalla finestra di cucina. «Non li sentite i campanacci delle pecore?»

«Sta'! sono loro davvero, Gian Luca,» disse il babbo della ragazza. «Animo, fatemi core, e andiamogli incontro.»

Gian Luca era diventato bianco come un panno lavato. S'alzò vacillando e, appoggiandosi al braccio dell'amico, s'avviò incontro al su' giovinotto. Io non mi mossi.

Già da qualche minuto avevo perso di vista i due vecchi alla svoltata della via, quando vidi riapparire Gian Luca solo, che correva in su a balzelloni, gesticolando colle mani all'aria come un demente. E dietro a lui subito l'altro vecchio che si affaticava a seguitarlo, e smaniante lo chiamava senza essere ascoltato.

«Che sarà stato, Verdiana?»

«Vergine santissima! che sarà stato?»

Il vecchio passò davanti alla bottega... «Gian Luca! che v'è accaduto?»

«Ah! Ah!» disse trafelando dall'ambascia e dalla fatica, e continuò la sua corsa affannosa, mandando un lamento ad ogni sospiro.

«Ma che è accaduto, che è accaduto?»

Il vecchio Marcello me lo disse. Il giovinotto impaziente di rivedere la sua ragazza, alla prima scorciatoia, che gli avrebbe anticipato d'un par d'ore l'arrivo a casa, aveva lasciato i suoi compagni, e via, come una capra, era sparito in un batter d'occhio su pei viottoli della poggiata, distruggendo così le previsioni amorose con tanta cura studiate da que' poveri vecchi e dalle loro donne sconsolate, perché la barbara notizia non lo colpisse atrocemente improvvisa.

Marcello seguitò la sua corsa dietro all'amico, raccomandosi che l'aspettasse e chiamandolo a nome inutilmente.

Passarono le pecore quasi a corsa, stimolate dalle grida e dalle vergate degli uomini, i quali, sgomenti dell'accaduto, senza sapere che nella bottega c'era un boccone preparato anche per loro, tirarono innanzi mandando fischi e sassate alle pigre; passarono i somari legati a fila per le cavezze, sballottando fra sacchi e corbelli una donna e due ragazzi che li cavalcavano; passò il nuvolo di polvere sollevato da questa truppa tumultuosa, si allontanò adagio adagio il tintinnìo de' campanacci, e dopo poco si perse per le forre del monte anche la voce di Marcello, che sempre più fioca e dolente chiamava: «Gian Luca! Gian Luca!»

La padrona, dando allora un'ultima occhiata dalla parte dei poggi: «Povere creature!», esclamò. Poi volgendosi con un lungo sospiro alla sua bottega: «E ora, di tutto quel baccalà che me ne faccio?»

Lo spaccapietre

Quando il sole piomba infocato sulle groppe stridenti delle cicale, e il ramarro, celere come l'ombra d'una rondine, attraversa a coda ritta la via; o nel tempo che la bufera arriccia e spolvera all'aria l'acqua delle grondaie ficcandoti nell'ossa il freddo e la noia, lo spaccapietre è al suo posto. Un mazzo di frasche legate a ventaglio in cima d'un palo lo difende dal sole nell'estate; un povero ombrello rizzato fra due pietre e piegato dalla parte del vento, lo ripara dalla pioggia nell'inverno.

Il barrocciaio che la mattina passa scacciando con una frasca i tafani di sotto alla pancia del mulo trafelato, gli dà il buon giorno; il contadino, tornando la sera fradicio e intirizzito dai campi, gli augura la buona notte.

E all'ombra di quelle frasche o sotto il riparo di quell'ombrello, seduto sopra una pietra bassa e quadrata, consuma le sue lunghe giornate, finché la massa di macigni che la mattina stava alla sua sinistra non è passata all'altra parte, ridotta dal suo pesante martello in minuti frantumi di breccia acuta e tagliente.

Allora egli è contento, perché ha guadagnato gli ottanta centesimi che gli paga puntualmente l'accollatario del mantenimento della via. Ma non sempre gli va così. Non perché l'accollatario, che è un vero galantuomo, sia capace di defraudarlo; ma perché molte sono le cause che possono assottigliargli il guadagno o allontanarlo affatto dal lavoro. Di frequente la pietra che ha da spezzare è troppo forte, e il lavoro non gli comparisce; qualche volta gli si guasta il martello, e perde tempo a riadattarlo; non di rado nell'inverno il maltempo infuria così impetuoso che lo scaccia dal lavoro; spesso, quando il sole d'agosto è troppo rovente, è costretto a cercare d'un albero e quivi all'ombra riposarsi, perché sente che le forze gli mancano; qualche altra volta, col braccio tremante per la stanchezza, e questo accade più spesso, cala il martello in falso e si percuote sul dito, ammaccandoselo sempre dolorosamente, non di rado fino al sangue. E in quel caso gli tocca a fasciarsi o a correre alla più vicina fontana, se pure non deve abbandonare il lavoro, perché lo spasimo non gli permette di continuare. E i cinquanta e gli ottanta centesimi allora non vengono, e la fame si ferma alla sua casa e lo veglia e l'assiste e non l'abbandona, finché non l'ha ricondotto estenuato e pallido presso il monte di pietre che da otto giorni l'aspetta lungo la via. E quella sera mangerà; mangerà poco, perché poco potrà lavorare; ma l'accollatario, che per fortuna è un vero galantuomo, gli misurerà puntualmente il lavoro fatto, e puntualmente gli darà i suoi venti o trenta centesimi trascurando i rotti in più della misura, perché lui a queste piccolezze non ci bada; ha trattato sempre bene chi lavora, e se ne vanta.

Io ne conosco uno di questi splendidi esemplari di carne da lavoro. Ah! ma questo che conosco io è stato sempre un signore, il Creso degli spaccapietre, perché fino a sessant'anni sonati, stomaco di cammello e muscoli di leone, ha guadagnato sempre il massimo che può fruttare il suo lavoro, e la polenta gialla o il pane bigio non sono mai spariti altro che per eccezione dalla sua tavola.

E i suoi colleghi lo rammentano con ammirazione, e raccontano ai loro amici attoniti come tutto l'inverno del '57 fu capace di spezzare due metri cubi arditi di pietra ogni giorno che Dio metteva in terra, senza mai fumare, senza bere un dito di vino e senza ammalarsi.

Ma le sue mani paiono due pezzi informi di carne callosa, il suo viso, screpolato piuttosto che solcato da rughe, pare un pezzo di pane da cani, e i suoi occhi, dopo tanti anni di sole, di polvere e d'umidità, sono contornati di rosso e gli lacrimano di continuo nelle occhiaie infiammate, che la notte gli bruciano e non gli dànno riposo. Ha le gambe torte e rigide dal lungo starsi a sedere, la schiena fortemente curvata, il corpo intero di mummia, lo spirito consumato dai dolori.

Se gli domandi delle sue sventure, egli ti agghiaccia col racconto freddo e conciso che, tra un colpo e l'altro del suo martello, te ne fa come di cose che debbano necessariamente accadere.

La sua figliola maritata partorì alla macchia dove era andata a far legna, e fu trovata morta lei e la creatura; il genero, che pareva tanto un buon giovane, scappò con una donnaccia e finì per le prigioni dopo avergli lasciato un nipotino che era la sua consolazione. Ma anche quello il Signore lo volle per sé, perché si vede che non lo credeva degno di tanta fortuna. Quando parla della figliola e del genero, non dà segni di commozione; ma se rammenta il su' povero Gigino posa il martello, si prende la testa fra le mani e, dondolandola come fa l'orso nella gabbia, racconta la sua fine pietosa.

Aveva già cominciato a menarlo con sé a spezzare, perché era un ragazzetto che per la fatica prometteva dimolto, quando un giorno, povero Gigino! non potendo più reggere dalla sete che lo tormentava dopo aver mangiato una salacca senza lavare, entrò in un campo e s'arrampicò sopra un ciliegio. Sopraggiunse il contadino gridando da lontano; il bambino per scender presto, cadde, si fece male a una gamba, non poté fuggire e fu mezzo massacrato dal contadino che lo raggiunse. Parte per lo spavento, parte per le percosse, dopo quindici giorni gli morì di convulsioni, che tutti non fecero altro che dire «Peccato!», perché delle creature belle a quella maniera non era tanto facile vederne.

Finito il racconto, rimane un momento fermo a pensare; poi ripiglia il martello e continua il suo lavoro.

La sua donna è cieca da un occhio, e di quella disgrazia la colpa l'ha tutta lui, perché, se ci avesse badato, non sarebbe accaduta. Quando le gambe la reggevano, la mattina andava a chiedere l'elemosina, e, se aveva fatto qualche tozzo di pane, verso il mezzogiorno glielo portava dove era a spezzare e si fermava lì a tenergli un po' di compagnia; e qualche volta, in tempo che lui mangiava, si metteva lei a spezzare, tanto per non perder lavoro. Una mattinaccia, in tempo che la su' donna svoltava la pezzòla del pane, passò un signore in calesse che buttò via un mozzicone di sigaro acceso, il quale andò a cascare vicino al monte de' sassi. La donna si chinò per raccattarlo e porgerlo al marito, e in quel tempo una scheggia d'alberese la colpì nell'occhio e l'accecò senza rimedio. Da quella mattina non è stata più lei: gli dole sempre il capo, non si regge più ritta dalla debolezza e non sa come curarsi, perché il dottore non gli ha ordinato altro che carne e vino generoso. E ora passa le sue giornate sull'uscio, seduta a chiedere la carità ai viandanti; ma da che hanno fatto la strada ferrata non passa quasi più nessuno, e spesso, dopo essersi accostata, mezza cieca, a chieder l'elemosina a chi le viene incontro per chiederla a lei, vede andar sotto il sole senza aver fatto né un centesimo né un boccone di pane. Allora, s'accuccia per abitudine accanto al fuoco spento, dove, aspettando il marito e dicendo la corona, s'addormenta.

Un giorno che, meno brusco del solito, mi parlava delle sue miserie, dei suoi bisogni e delle sue privazioni, gli domandai quasi scherzando:

«Dimmi: se tu potessi in questo momento ottenere tutto quello che ti paresse, che desidereresti?».

«Una fetta di pane bianco per darlo inzuppato alla mi' vecchia che non ha più denti!»

Ma quando quest'uomo s'ammalerà, il medico, andando a suo comodo dopo la terza chiamata, lo troverà agonizzante; il prete invitato per carità a spicciarsi, vorrà finire il suo desinare e lo troverà morto; il becchino, guardandogli i piedi scalzi e il camicione topposo, gli reciterà la breve orazione: «Accidenti a chi ti ci ha portato!».

Fiorella

Percorrendo il crine di quel monte che, staccandosi dall'Appennino a Serravalle, va a perdersi con dolci declivi nelle strette gole della Golfolina, presso Signa, l'alpinista discreto che non aspiri alle pericolose glorie del camoscio, può incontrare i suoi stupendi quadri, dei quali l'amica natura ha fatto tanto ricca e malinconica la poesia dei nostri facili colli toscani.

La cima sulla quale sorge la torre di Sant'Alluccio è certamente la più pittoresca del Monte Albano; e mi rincresce che i nostri alpinisti l'abbiano dimenticata nel loro itinerario, additando invece la prossima vetta di Pietra Marina, bellissima anco quella, ma senza dubbio da posporsi alla mia preferita, quantunque s'innalzi circa cento metri di più sul livello del mare.

La prima volta che giunsi lassù quasi mi si abbagliarono gli occhi, e per qualche minuto, incantato dal maraviglioso spettacolo che mi stava dinanzi, non seppi fare altro che guardare attonito in giro, senza distinguere nulla di definito nel largo e verde orizzonte, finché, quetato il primo stupore, potei scorgere vicina a me una bionda fanciullina di circa dodici anni, vestita nel suo povero costume di pecoraia, la quale, venendomi incontro con un mazzolino di mammole, si fermò a due passi da me e, tenendo gli occhi bassi per vergogna, mi disse:

«Le vòle?».

«Cara monelluccia mia, sicuro che le prendo! e ti ringrazio», le dissi accarezzandole una gota. «Le hai còlte tu?»

«Sissignore.»

«O per chi le avevi còlte?»

«Per lei.»

«Per me! O che mi conosci?»

«Nossignore.»

«E allora come mai t'è venuto questo bel pensierino?»

Abbassò gli occhi sorridenti, e gingillandosi con una còcca del grembiule, guardò verso un ciuffo di càrpine poco discosto e rispose:

«Me l'ha detto lui!».

Mi volsi anch'io verso quella parte e vidi la faccia vispa d'un ragazzetto che appariva tra le frasche, il quale, di sotto al suo cappellaccio di lana bianca, mi sorrideva timido e malizioso.

La fanciullina, quando vide scoperto il suo compagno, lo chiamò con queste parole:

«O di che ti vergogni, grullo? vieni fòri!».

Il ragazzetto si accostò a noi adagio adagio, tenendo il cappello in mano e masticando un ramoscello di ginestra.

«O che cosa fate quassù soli soli, monelli che non siete altro, rimpiattati nei ciuffi di càrpine?», dissi loro in tono tra il serio e il burlesco.

Si guardarono in viso e dettero in uno scoppio di risa.

«Ah! ridete anche?»

Un'altra risata più sonora della prima.

«Ora t'insegnerò io a ridere in faccia alle persone per bene, pezzo di sbarazzino!», e così dicendo mi misi a correre dietro al ragazzetto che scappò spaurito, saltando fra le scope come un capriolo e gridando:

«Tanto che non mi pigliate mica!». Né si fermò finché non mi vide cessare di rincorrerlo.

Quando tornai vicino alla bambina, la trovai che piangeva.

«Tu piangi!?», le dissi. «O non vedi, giuccherella, che faccio il chiasso? Ma che credevi davvero che gli volessi far del male? Andiamo, andiamo, via; sta' zitta e dimmi piuttosto come ti chiami.»

«Fiorè...ella.»

«Su, su, povera Fiorelluccia mia, sii bona, e con questi comprati i brigidini domenica, quando anderai alla messa. Dimmi: o lui come si chiama?»

«Pipetta.»

«Pipetta è il soprannome: io domandavo del nome: com'è il suo nome?»

«O che lo so? Lo chiaman tutti Pipetta.»

E sollevò gli occhi di lacrime e rasserenati.

«Ah! tu ridi? Dunque s'è fatto la pace!»

«Sì.»

«O brava! Ora si che mi piacciono i tuoi belli occhioni lustri! Animo Pipetta!», dissi al ragazzo, «noi s'è fatto la pace; se la vuoi fare anche tu, ritorna qua e ti darò da comprare i brigidini anche a te, se vorrai farmi un piccolo favore.»

L'idea del brigidino l'addomesticò subito, e venne correndo.

«Sai punte fonti qui vicine?»

«Sissignore; ce n'è una lì sotto subito, e com'è bona!»

«Tieni, empi questa barchettina di cuoio e riportamela.»

Pipetta, tutto soddisfatto per la fiducia, a salti, a sbalzelloni andò per l'acqua correndo; e fece in seguito parecchi di quei viaggi e molto allegramente, perché il mastice d'una fiaschetta che tenevo a tracolla, buttato nell'acqua che diventava turchiniccia, piacque tanto ai miei nuovi e piccoli amici che non cessarono di chiedermene e di beverne con ghiottoneria fanciullesca finché non fu finito.

Ci mettemmo insieme a sedere sull'erba e dopo poco ci fu scambio tra noi della più franca e cordiale confidenza. Cantarono stornelli con le loro voci argentine; m'additarono giù davanti Firenze, Prato e Pistoia, distinte come gruppi più folti di pratoline in mezzo ad un'ampia prateria, e dietro alle spalle il mare lontano, domandandomi se fosse vero che era tanto più grande delle padulette del Poggio a Caiano. Mi additarono quindi gli Appennini sui quali Pipetta era nato, e giù in basso le casucce dove ora abitavano, sprofondate nell'ombra d'una stretta forra, presso alle quali un molino lavorava mandando fino a noi il fresco rumore del suo ritrécine.

A Pipetta mi toccò promettere che nel settembre sarei tornato a trovarlo cacciando, e lui mi disse che sapeva tante brigate di starne e che me le avrebbe insegnate. Fiorella mi disse che c'erano tante lepri e tante volpi. Poco dopo, quando si sentì sonare la campana delle ventiquattro a Bacchereto, i miei amici mi lasciarono in gran fretta correndo giù per le balze del monte, ed io non mi volli muovere finché non persi nella lontananza i fischi e le grida da loro mandate per raccogliere le pecore disperse giù per le pendici erbose della selva.

«Sono contenti, poveri ragazzi!», pensai tra me dando un'ultima occhiata al tetto verdastro delle loro casette accucciate fra gli ontani. «Sono felici!» E ripetendomi in mente queste parole, me ne tornai passo passo a casa conversando lietamente con l'amico Ciacco, che accortosi del mio buonumore. dimenticò affatto la sua gravità di bracco reale e, finché fu giorno, non fece altro per tutta la strada che puntar lucertole e guardare festoso a me e alle lodole che frullavano trillando dai campi di lupinella lungo la via.

Le promesse fatte furono puntualmente mantenute da ambedue le parti, e presi presto l'abitudine d'andare a caccia in quei luoghi, dove mi attirava la relativa abbondanza di selvaggina e la simpatia di que' due spensierati monelli.

Ogni volta che mi scorgevano da lontano mi correvano incontro. Il buon Pipetta m'insegnava le brigate di starne e me le badava in tempo che le cacciavo, e Fiorella, tutta contenta, restava presso a qualche fonte a disporre le pietre per sederci a merenda e a preparare il fuoco per arrostire le castagne.

Le mie visite ai giovani amici erano frequenti nell'autunno, ma raramente nelle altre stagioni io li vedevo o avevo notizie di loro; tantoché gli anni passarono rapidi, e presto i due monelli si fecero due bellissimi giovani svegli e robusti. D'un altro fatto m'accorsi anche col tempo. Il germe d'un amore selvaggio, nato e sviluppato in quelle solitudini dove tale passione si manifesta in tutti gli esseri con le forme del dolore, dalla lodola che sospesa come un punto d'oro nelle alte regioni dell'aria canta il suo trio mattutino, alla passera solitaria che si lamenta nel cavo d'una rupe, aveva dato ai loro occhi una tinta d'ineffabile malinconia. I loro canti allegri erano cessati; al mio arrivo non mi correvano più incontro festosi, e il più delle volte li sorprendevo seduti a qualche distanza fra loro, immobili e taciturni.

«Fiorella, tu sei innamorata!», le dissi una sera che inutilmente si sforzava di nascondermi il suo turbamento nel veder tardare il ritorno del suo amico da un prossimo casolare. Si fece rossa come un fiore di melagrano e corse a cercare un capretto smarrito che si sentiva belare in lontananza.

Una mattina d'agosto, mentre mi riposavo sotto un leccio, Pipetta mi sedé accanto e prendendomi una mano nelle sue che tremavano, mi confessò che era innamorato di Fiorella, e mi domandò se avrebbe fatto bene a sposarla.

«Se ti senti la volontà e la forza di provvedere ai bisogni d'una famiglia», gli dissi, «devi farlo; e farai bene, perché Fiorella è una buona ragazza, ti vuol bene, e... e Fiorella non può essere sposa d'altri... Tu m'hai capito!... E nelle vostre famiglie sono contenti?»

«Se sono contenti? anche troppo. Solamente, quelli di lei m'hanno fatto sapere che se non compro altre venticinque pecore, non me la dànno.»

«Se il male sta tutto qui», dissi a mezza voce, «si rimedierà.»

A queste parole Pipetta parve che mi desse un abbraccio con gli occhi. Stette silenzioso qualche momento, quindi riprese:

«C'è anche un altro inciampo... e grosso dimolto!».

«Quale?», domandai.

«Io sono di leva. Fiorella lo sa; ma non sa che ho tirato su basso e che in questi giorni mi deve arrivare il foglio della visita. Non so chi sia stato, ma gli hanno anche detto che a primavera ci sarà la guerra di positivo...»

«Non è certa, amico mio», dissi interrompendolo.

«No, no;·lei lo sa meglio di me che ci sarà di sicuro, e con me è inutile che dica di no, perché io ormai mi ci son preparato... Ma quella ragazza?! Senta, l'altra sera, che cosa mi fa. Mi prende per la mano, e senza aprir bocca, mi mena sul muro del bottaccio: e quando si fu lì, mi guardò e mandò un sospiro. "E ora?", dico. Dice lei: "La vedi quell'acqua? Se ti portano via e ti mandano alla guerra, quando tornerai cercami laggiù sotto". E si chetò e non disse altro per tutta la sera.»

Il nostro colloquio fu interrotto dalla voce di Fiorella che dal poggio di faccia chiamava: «O Pipettaaa!».

«Che vòi?»

«Corri subito a casa, c'è chi ti vòle.»

Pipetta s'allontanò frettoloso ed io andai verso la ragazza.

La trovai che piangeva; ma questa volta il suo pianto era diverso da quello passeggero che le avevo veduto versare da piccola nello scoperto della Torre. Cercai di calmarla, ma per qualche minuto non mi fu possibile. Le dissi qualche parola di conforto; ma di che dovevo io confortarla? La rimproverai dolcemente: non mi dette ascolto. Le sedei accanto e aspettai. A poco a poco parve calmarsi e io le posai dolcemente una mano sulla testa; ma la mia carezza non fece altro che farle raddoppiare i singhiozzi più disperati che mai.

«Ma che cos'hai, per l'amore del cielo, che cos'hai? Eppure tu mi conosci; tu sai tutta l'amicizia che ho per voi due, tutto il bene che vi ho sempre voluto...» Si buttò bocconi per terra, gridando:

«O Dio, o Dio! per carità ci soccorra, ci soccorra per carità, mi raccomando a lei».

«Ma che è stato? dimmi qualche cosa.»

«Me lo rubano, me lo rubano, me lo portano via!» E non disse altro.

Restò lì come tramortita a tremare e a lamentarsi.

«Me lo portano via, me lo portano via!»

Io non sapevo che mi fare, solo a quel modo, senz'altra compagnia che del cane, il quale ci saltava dintorno sgomento, abbaiando e leccando ora la mia faccia, ora quella della ragazza; quando riconobbi la voce di Fiorancino boscaiolo, che da lontano ci gridava:

«Ehi di costassù: o che è stato?».

«Fiorancino, mi raccomando a te», risposi, «è venuto male a Fiorella. Corri subito quassù o va' a casa sua ché venga qualcuno di corsa; ma corri di volo!»

Cinque minuti dopo il povero Fiorancino, tutto ansante arrivò da noi. Appena vide la ragazza in quello stato brontolò, gettandomi un'occhiata sospettosa:

«Dio del cielo! o qui che è stato?!».

«Zitto, zitto», gli risposi risoluto, «ora è tempo di fare e non di dire. Portiamola a casa e laggiù lo sapremo. Vieni: tu reggila qui sotto e andiamo.»

Fiorancino aveva una gran voglia di discorrere, e io punta.

Non gli risposi mai e stetti sempre attento a mettere i piedi in sicuro giù per gli scoscesi viottoli della montagna.

Quando arrivammo al molino, Pipetta non c'era, perché era corso, mi dissero, dal priore con un foglio in mano che poco fa era stato portato da un donzello del comune, il quale aveva detto qualche cosa di coscrizione.

Fiorella si riebbe dopo poco e si mostrò assai tranquilla; ma in ogni modo volli che la mettessero a letto, perché mi parve che avesse un po' di febbre. Dissi a quella gente che a mandare il medico ci avrei pensato io, e me ne venni a casa.

Tornai il giorno dipoi e, con mia grata sorpresa, trovai Fiorella a sedere sulla porta di casa che mi dette buon giorno sorridendo mestamente. Mi raccontò che Pipetta era di leva e che fra quattro giorni sarebbe andato a Samminiato alla visita e di lì subito a Firenze in Fortezza da Basso, perché un bel giovinotto come lui, disse, sarebbe stato buono di certo.

Tutta quella calma mi sorprese alquanto; ma non ne feci allora gran caso. Mi rallegrai con lei d'averla trovata così ragionevole, e cercai, sebbene con repugnanza, di farle credere che il suo Pipetta sarebbe tornato presto, perché di guerra non se ne parlava nemmeno. Le dissi che in fin dei conti tutto il male non viene per nuocere, perché tutti e due erano un po' troppo giovani; che qualche mese di separazione non avrebbe fatto che accrescere il loro amore, e tante altre cose che io credei adatte ad assicurare quella rassegnazione che pareva già avesse nell'animo.

Essa mi prestò grande attenzione; parve grata alle mie parole e mi pregò di accettare una ricotta fatta quella mattina da lei, perché Pipetta non era bastato per correre dal prete al sindaco, dal sindaco al dottore, e via discorrendo.

Sul far della sera, al momento di lasciarla, le dissi che per qualche giorno non mi sarei fatto rivedere, perché un affare di molta importanza mi chiamava a Livorno, dove mi sarei trattenuto almeno una settimana. Mi disse che facessi un buon viaggio, e niente altro. Ma quella sera mi allontanai occupato da tristi presentimenti. «Dio non voglia!...»

Credevo di non dovermi trattenere a Livorno più d'una diecina di giorni; ma per le lungaggini afose dei procuratori e degli avvocati dovetti star là un mese e qualche giorno, tanto sopraffatto dalle noie d'una lite, che durante tutto quel tempo dimenticai perfino i miei disgraziati amici.

Ritornato a casa, nessuno di famiglia seppe darmene notizie, perché non avevo mai parlato ad alcuno di quella avventura. Di modo che sul far della sera, poche ore dopo il mio ritorno, ero già in sella che galoppavo verso il monte. Quando passai davanti alla casa del dottore, era alla finestra e mi chiamò.

«Oh dottore! buon giorno.»

«Buon giorno. Che va lassù?»

«Vado lassù.»

«Non ci vada.»

«Perché?»

«Dia retta a me, non ci vada.»

«Ma che è stato? È seguìto qualche disgrazia? Non mi tenga in questa ansietà.»

«Abbia la pazienza di scendere e di passare un momento da me. Giuseppe!», disse poi al suo servitore, «portagli il cavallo nella stalla e buttagli un mannello di fieno.»

«La prego, dottore, mi dica presto quello che mi vuol dire, perché, in verità, non mi posso trattenere.»

«S'accomodi.»

«No.»

«Vuol passare in salotto?»

«No, no.»

«Vedo che è sudato; si vuol prima rinfrescare?»

Bisognò che passassi in salotto, bisognò che m'accomodassi, bisognò che mi rinfrescassi, e finalmente, pagandolo così caro, mi riuscì a sapere quello che era accaduto durante la mia assenza.

Il giovinotto andò alla visita, fu trovato bonissimo, e il giorno dopo era in Fortezza vestito da recluta. Appena la ragazza ne ebbe sentore, non disse nulla, non si lamentò, non pianse; ma cominciò allora a dar da pensare seriamente per la sua ragione, perché quel giorno stesso non ci fu modo di levarla di sull'uscio di casa, dove stette fino alla sera, accovacciata a far dei circoli nella polvere con un fuscello, senza chiedere né da mangiare né da bere e dando nelle furie tutte le volte che sua madre la pregava d'uscir di lì, perché il sole non le bruciasse il cervello.

«Ma lei, dottore», dissi interrompendolo, «non fece, non provò, non tentò nulla?»

«Fu provato tutto, si tentò ogni cosa; ma inutilmente. Si scrisse al Comando, e ci risposero di no; si scrisse daccapo che ci rimandassero quel ragazzo almeno per un giorno, e ci risposero un'altra volta di no. Feci scrivere al priore; il signor Leopoldo telegrafò alla Prefettura... insomma, dàgli, picchia e mena, oggi a quindici me lo vedo comparire qui più morto che vivo, che veniva da Firenze, e io, per vedere l'effetto dell'incontro, volli accompagnarlo a casa.»

Appena la ragazza ci vide da lontano, si mise a guardarci fissa fissa; poi, a un tratto, si alzò come una molla e corse in casa per dare, ci parve, l'avviso del nostro arrivo; ma ritornò fuori subito con una roncola in mano e cominciò a correrci contro e s'avventò a Pipetta urlando come una disperata: «Ammazzatelo! ammazzatelo!», ché se, per combinazione, non c'era lì Fiorancino che mi dette una mano per tenerla, gli tirava alla testa e l'ammazzava di certo, perché lui rimase lì come un masso e non si sarebbe scansato.

«Ma dunque è pazza?!»

«Pur troppo! e, dolorosamente, non più furiosa, perché, dopo quell'accesso, la sua alienazione ha preso una forma...»

«Mi lasci andare, dottore.»

«No, no. Senta ora di lui...»

«Non m'importa, non m'importa, me lo dirà poi, me lo dirà poi...»

E col dottore che mi correva dietro per fermarmi, corsi alla stalla, saltai in groppa e via come il vento.

A mezza strada incontrai Fiorancino che da lontano mi fece cenno di fermarmi. Rallentai un po' il galoppo e quando gli fui vicino:

«Ma eh?!», mi disse, «di lui poi non me lo sarei ma' creduto».

«Che è stato?»

«O che non lo sa che quando riasciugarono il bottaccio del molino?...»

«Affogato?!»

«Sissignore. Perché pare che invece di tornare a Firenze, siccome andò via la sera tardi...»

Non lo lasciai finire, e mi allontanai spronando rabbiosamente la mia povera bestia.

A pochi passi dal molino, il cavallo mi s'impennò come se avesse avuto ombra e dette indietro sbuffando. La madre di Fiorella uscì di casa gridando: «Me la pestate! me la pestate!». Poi, quando m'ebbe riconosciuto: «Ah, che è lei? ben tornato, signoria». Dette in un pianto dirotto e mi accennò alla sua figliola accovacciata sul ciglio della via che dondolando il capo cantava sommessa un'aria malinconica con una voce che pareva lontana, lontana, lontana.

Scesi da cavallo e corsi da lei chiamandola per nome; ma non si mosse nemmeno. Le sedei accanto, presi il suo capo fra le mie braccia e cominciai a parlare così: «Fiorella! povera Fiorella! son io. Non mi riconosci? Dimmelo che cosa ti senti: hai male qui?» e le toccavo la testa. «O del povero Pipetta te ne rammenti? Guarda, le desideravi tanto! t'ho portato le buccole di corallo.»

Non si mosse. Ponendole una mano sotto al mento, le alzai dolcemente la faccia. Mi fissò in viso i suoi occhi smarriti, si chetò, parve che si provasse a muovere le labbra, ed aspettai una risposta; ma invece mi respinse da sé adagio adagio, e si lasciò ricadere la testa abbandonata sul petto. Mi voltai a sua madre che singhiozzava in disparte:

«Maria, povera donna!», le dissi prendendole una mano.

«Ah! caro signore... guardi a che ci siamo ridotti!»

Il ritrécine del molino taceva, e nella quiete del tramonto si sentivano su all'alto cantare le starne che dalle cime dei poggi si chiamavano fra loro al riposo.

Sereno e nuvolo

Il primo sole del novembre si affaccia malinconico alle ultime cime della montagna, già biancheggianti per la neve caduta di fresco e, mandando i suoi languidi raggi attraverso ai rami brulli dei castagneti, tinge di rosa la croce di ferro del campanile e l'asta della bandiera fitta sulla vecchia torre del castello.

Qualche nuvola bianca sta fissa sui monti più lontani, uno strato bigio di nebbia allaga la pianura, e il villaggio dorme ancora sotto un freddo e splendido sereno d'autunno.

I cacciatori sono già tutti partiti, dopo che Doro ha sonato la campana dell'alba; vi è stato allora un breve segno di vita, qualche latrato, qualche fischio, qualche colpo alle porte per destare i compagni addormentati, eppoi deserto e silenzio turbato soltanto ad intervalli dal fruscìo delle foglie secche dei platani della piazzetta, che bisbigliano lievi lievi, menate in giro sul lastrico da radi sbuffi di tramontana.

Ma stamani l'aspetto della piazzetta non è quello degli altri giorni. Quintilio, per il solito, a quell'ora aveva già aperto e spazzato la bottega; Graziano era già comparso in maniche di camicia ad attaccar fuori dell'uscio il solito coscio di vitella al solito gancio, e il barbiere, che viene tutte le mattine a lavarsi il viso in mezzo di strada, aveva già mandato du' altri accidenti al cane della signora Giuseppa, che appena aprono va abitualmente a pisciargli sull'uscio. Le altre mattine a quell'ora tutti i «buon giorno» erano stati scambiati, i prognostici sul tempo erano stati fatti, e ciascuno aveva già ripreso le sue stracche occupazioni fumando, bestemmiando e dicendo male del prossimo fra uno sbadiglio e l'altro.

Ma stamani è silenzio. Dormono sempre per rimettere il sonno perduto, perché dalla mezzanotte, quando sono stati destati da quel casa del diavolo, nessuno fino alle tre ha potuto più chiudere occhio.

Ecco come sta la faccenda. Da varî giorni v'erano state delle cose brutte e che minacciavano di farsi anche peggiori, fra Pierone e Cecco del Birindi. Ma ieri, che era domenica, ci entrò finalmente di mezzo il Priore, e le cose furono appianate con soddisfazione di tutti. Pierone dette parola a Cecco che ormai, avendo tirato su basso e dovendo andar via chi sa per quanto tempo, alla ragazza non ci avrebbe più pensato, e gli promise che lui non avrebbe più messo difficoltà. Cecco lo voleva abbracciare, ma Pierone si tirò indietro e non ne volle sapere, dicendo che quelle eran ragazzate. Soltanto accettò di trovarsi la sera a cena all'osteria di Giannaccio per bere il bicchiere dell'addio e per fare du' salti di trescone, se fossero venuti anche que' giovanotti di Vallicella con la chitarra e l'organino.

Alle tre famiglie interessate nella faccenda parve di sognare e fu per loro una giornata di vera baldoria. Polli e vino a cascare, e un viavai continuo d'amici e di conoscenti a rallegrarsi e a bere, nel tempo che le donne erano tutte sottosopra in cucina a friggere di gran padellate di frittelle di riso, che appena portate di là in larghi vassoi ricolmi sparivano prima d'aver finito il giro della comitiva. La mamma di Chiarastella stette tutto il giorno a ridere, a levar l'olio a' fiaschi e a piangere di consolazione. I vecchi babbi poi non si lasciarono mai un momento; e anche al vespro, dove andarono a braccetto, tutti e tre avvinati che era un desìo a vederli, si misero accanto a berciare come calandre, per mostrare a San Vitale martire, protettore della cura, la loro riconoscenza per la grazia ricevuta.

Fu insomma un'allegrezza generale, non tanto per veder felice e contento il povero Cecco e quella bona figliola della su' ragazza, quanto per sapere che presto, se Dio vòle, si levava di torno, e per un pezzo, quell'altro birbaccione, che anche giovedì passato tirò una pedata, pezzo di figuro, al su' vecchio, perché quel pover'uomo s'era azzardato a dirgli che mettesse giudizio!

«Basta. Anche questa è fatta», diceva il Priore compiacendosene, «e, per grazia di Dio, non ci si pensa più.»

Que' giovanotti di Vallicella, che avevan risaputo l'affare, non mancarono di comparire verso l'un'ora coi loro arnesi musicali; anzi l'orchestra era più numerosa del solito, perché per la strada avevan raccattato due altri compagni, uno con lo scacciapensieri e l'altro col treppiede, che lo sonava che pareva impossibile.

Andarono a prender Cecco a casa, e sonando allegramente attraversarono spavaldi il paese, con gran sigaroni accesi e cappelli sbertucciati, per andarsene all'osteria di Giannaccio, dove trovarono anche Pierone che in compagnia di altri amici stava sull'uscio ad aspettarli.

Fu lieto l'incontro delle due comitive: abbracci, evviva, strette di mano cordialissime, e poi tutti a tavola, dove Giannaccio aveva già preparato un catino di vermicelli al sugo e un diluvio di braciole di maiale in gratella, che furono spolverate in un baleno dalla chiassosa brigata. Finita la cena, comparvero le figliole di Giannaccio per salutare la conversazione; alcuni della comitiva andarono a far ragazze nelle case vicine; le tavole furono tutte portate in corte, meno quella sulla quale montarono i sonatori, e cominciò la festa.

Il vino lavorava; ma lavorava bene, perché tutti erano sempre nel periodo della tenerezza; e giù, baci a iosa e strizzoni e carezze e pizzicotti e risate da strapparsi la pancia. E la festa non era soltanto dentro, perché con l'uscio di strada aperto s'era formato lì davanti un capannello di gente del vicinato e di contadini, sulle cui facce estatiche, illuminate dalle tre candele di sego che Giannaccio aveva attaccato con de' chiodi alle pareti, si rifletteva in boccacce, contorsioni e smanacciate il movimento della stanza. Ed anche per loro erano risate da crepare tutte le volte che una coppia delle più sfrenate, presa dal capogiro, andava giù a rotoloni menando altre coppie nella rovina a fare un monte di vestiti e di ciccia sudata fra le gore del vino versato e gli ossi delle braciole seminati per la stanza.

Da un paio d'ore si deliziavano in quel baccano, quando una voce propose d'andare a far la serenata sotto le finestre di Chiarastella. La proposta fu accolta con urli di acclamazione, i sonatori saltaron giù dalla tavola, e via, con un lume di luna magnifico, a casa della ragazza.

Pierone, quando fu alla svoltata che menava a casa sua, voleva andarsene, ma i compagni lo costrinsero a seguirli. Cecco che era stato tanto allegro alla veglia, per la strada si cambiò a un tratto, non fece più una parola e andò avanti solo, col cappello sugli occhi e mordendosi i baffi distratto. Forse in quel momento ciascuno si pentì dell'idea della serenata, perché il silenzio si fece generale, ma nessuno ebbe il coraggio di proporre di tornarsene indietro. Sarà quel che sarà.

Chiarastella dopo le commozioni della giornata, stanca era andata a letto prestissimo, e quando giunsero i sonatori sotto la finestra della sua camera, dormiva. E forse sognava la sua felicità allorché fu dolcemente svegliata dal suono degli strumenti. Si mise in orecchi, ascoltò tremando la musica gradita, finché, cessati i primi accordi, sentì bisbigliare e riconobbe la voce di alcuni della comitiva che si davano la parola per improvvisare ottave o rispetti e per trovarsi d'accordo col passagallo. Si alzò allora sopra un gomito e stette più attenta ad ascoltare.

«L'ottava.» «Lo stornello.» «Il rispetto.» «Sì, sì, il rispetto.» «Lo canti te?» «No, non sono in vena.» «Allora, te!» «No, no!» «Sì, sì, lui, lo canta lui!»

Vi fu una breve disputa, e finalmente toccò a Cecco a cantare. Rimase qualche momento col capo basso a pensare, alzò dopo gli occhi al vaso di geranio che era sulla finestra della sua ragazza, e con voce da prima tremante ma poi sicura, cantò:

> Sulla finestra tua c'è nato un fiore.
> C'è nato un fior che non si cambia mai...

E i sonatori dettero nel passagallo.

> Verde la foglia speranza d'amore
> E quando nacque, bella, tu lo sai...

Qui di nuovo il passagallo: ma Cecco l'interruppe e andò in fondo ispirato:

> E quando nacque lo sapesti, o bella,
> C'innamorammo al lume d'una stella;
> E quando morirà, speranza cara,
> La croce avanti e noi dentr'alla bara.

Gli applausi furono pochi e stanchi, perché se il rispetto era molto piaciuto, altrettanto aveva rattristato gli amici. E già uno de' più accorti si preparava ad interrompere con un allegro stornello il tono troppo malinconico che aveva preso la serenata, quando la finestra fece spiraglio all'improvviso e comparve una mano bianca che strappata una foglia di geranio, la tirò sul gruppo dei giovanotti e disparve.

Tutte le braccia si stesero verso la foglia che calava lenta girando per l'aria; ma, nella confusione, nessuno fu buono d'afferrarla. Allora accadde una specie di zuffa e si buttarono tutti, fra manate e spintoni, a cercare la foglia che era caduta per terra. Pierone ebbe la sorte di trovarla. Cecco, che se n'avvide, diventato pallido, come la morte, tentò di strappargliela: ma non bastandogli la forza, si avventò carponi fra i piedi de' compagni a mordergli a sangue la mano. La foglia l'ebbe Cecco, ma in quel momento balenò sinistro il lampo d'un coltello.

«Ah! cane vigliacco! Chi è stato l'assassino che ha tirato fòri il coltello?!»

«Nessuno!», gridò subito Cecco. «Era l'anello, era l'anello!» E alzò nell'aria la destra, nel cui indice luccicava un largo anello d'argento.

Pierone rimise in tasca il coltello e si allontanò succhiandosi il sangue al morso della mano.

La serenata non andò più avanti. I sonatori tiraron diritto per Vallicella, e gli altri tornarono verso il paese, affrettando il passo senza scambiare una parola. Alla svoltata che menava alla casa di Cecco si fermarono un momento per i saluti, e da qualcuno fu detto d'accompagnarlo, ma Cecco non volle e lì si lasciarono.

Appena solo, gli rincrebbe d'aver voluto fare troppo il bravo rifiutando la compagnia degli amici, e se n'andò innanzi adagio e circospetto, tenendosi in mezzo alla strada e guardandosi ora alle spalle e ora spingendo avanti lo sguardo fra le siepi e giù per la campagna lungo i filari degli olmi.

«Nessuno! meglio per me; meglio per tutti!»

L'orologio della torre sonò i tre quarti dell'undici, e Cecco, ormai rassicurato, si fermò a guardare e a rimettere il suo; poi tirò fuori la pipa, ci trinciò una spuntatura, e:

«Corpo di Dio! ci siamo!».

Fece qualche passo avanti per accertarsi meglio:

«Non c'è dubbio!».

Si fece animo sbacchiando in terra la pipa, e con voce abbastanza ferma:

«Chi c'è costà?», gridò. «Fòri, fòri dall'ombra.»

Nessuna risposta; ma una figura d'uomo si staccò di dietro un albero e venne a piantarsi in mezzo alla strada a gambe larghe e con le braccia incrociate sul petto.

«Non mi far del male, Pierone; t'ho conosciuto; hai famiglia anche te, non ci facciamo del male!»

E Pierone zitto e immobile.

«Non ci roviniamo, Pierone; pensaci; non mi ci mettere, fammi la carità, non mi ci mettere al cimento. Pierone; le braccia l'ho anch'io, e le tasche non l'ho vòte.»

Così dicendo, Cecco era andato sempre avanti nella fiducia di poter placare il suo nemico; ma quando gli fu a una diecina di passi, Pierone gli si avventò com'una bestia, menando coltellate a morte.

Cecco sopraffatto cominciò a dare indietro tenendoselo distante con pedate negli stinchi e colpi nello stomaco; ma non c'era riparo, e ad ogni scarica si sentiva toccato come dal fuoco, ora nelle mani, ora nelle braccia, dove il coltello di quel furibondo lo poteva arrivare.

L'orrore del pericolo dette a Cecco il sangue freddo. Stette un istante con l'occhio alla lama, prese il tempo e si avventò con le due mani al polso di Pierone, che se lo sentì serrato come in una morsa. Con la rapidità del gatto, Pierone corse con la sinistra al coltello per continuare a dare con quella; ma se la sentì abboccata da Cecco che in quello stato d'orgasmo disperato gli affondava i denti nella carne fino all'osso. Pierone si piegò su di lui e gli addentò l'orecchio.

Questi movimenti si successero con la rapidità del baleno e i contendenti rimasero lì zitti a contorcersi soffiando e mugolando come bufali al laccio. Erano per cadere spossati, quando Cecco lasciò andare improvvisamente la presa. Pierone fece altrettanto per avventurarsi di nuovo; ma Cecco, agile come un tigrotto, gli scivolò via e si dette a correre verso il villaggio. Pierone lo raggiunse alle prime case e gli si avventò più furibondo che mai.

Cecco, difendendosi alla peggio e rinculando sempre dentro al caseggiato, incominciò allora a gridare aiuto con quella voce squarciata che ti dice tutto e ti ficca il gelo nell'anima e subito si vide qua e là comparir luce alle finestre, e poi lumi che correvano incerti per le stanze, e ombre umane che si allungavano fantastiche sulle case di faccia; ma nessuno ancora usciva nella via e la lotta continuava feroce tra gli urli fuochi di Cecco e quelli delle donne che spenzolate alle finestre gridavano: «Assassini! correte! s'ammazzano! s'ammazzano!».

A un tratto s'udì un «Aah» di rabbia disperata; uno dei contendenti cadde e l'altro si dette alla fuga fra le imprecazioni degli uomini che incominciarono allora a sbucare mezzi nudi dalle porte, armati di schioppi e di vanghe. Ma troppo tardi, perché Graziano macellaro, che fu il primo a correre gridando e scotendo all'aria la mannaia delle vitelle, quasi inciampò nel corpo di Pierone, che disteso attraverso alla strada mandava l'ultimo fiato.

Nessuno è comparso ancora sulla piazzetta. Su all'alto, dopo la levata del sole, s'è messo a nevicare, il vento è rinfrescato, e giù pei poggi si rincorrono le ombre delle nuvole ad investire il villaggio che ora brilla al sole e ora rimane bigio nella penombra, prendendo un'aria di freddo e di tristezza, che s'intona perfettamente coll'aspetto della piazzetta in fondo alla quale un cane della campagna passa arruffato dal vento e fiuta sospettoso il terreno.

Passaggio memorabile

All'ordine del giorno c'erano anche queste tre proposte: «Una gratificazione di cinquanta lire al medico pel servizio straordinario prestato al tempo del colera; un sussidio di latte a Ferdinando degl'Innocenti barrocciaio; e la consueta elargizione di cento lire alla compagnia di Santo Stefano per i fuochi d'artifizio nella ricorrenza della festa triennale del santo patrono». La compagnia di Santo Stefano ebbe la consueta elargizione, ma il medico e Nando barrocciaio dovettero per questa volta grattarsi il capo e stare zitti.

Questa decisione del Consiglio comunale pare che a qualcuno piacesse poco; ma, come di solito accade, il giorno dopo non se ne parlò più. Chi aveva della bile, se l'era già ingozzata; chi aveva delle ragioni, s'era sfogato a dirle, e i più ormai guardavano quasi in cagnesco il dottore che aveva dato di canaglia a tutti, e Nando, che dalla finestra, mentre uscivano di Palazzo i consiglieri, s'era lasciato scappare di bocca che, tanto, doveva andare a finire in legnate. E tutti facevano eco al signor Girolamo sindaco, un già mercante d'olio arricchito, ma sempre mercante più di quand'era mercante d'olio, il quale, senza mai parlare direttamente del medico, calcava molto la parola co-le-ra, accennava a dubbi gravi su un certo medicamento, che era stato dato a tutti quelli che morirono, e inveiva furibondo contro i ciarlatani. Di Nando diceva che tutti i poveri non li fa il Signore, che ci doveva pensare per tempo e non mettere al modo quella conigliolaia di mangiapani. Questo lo diceva qua e là fra gli amici; in Consiglio aveva dimostrato con cifre eloquenti che il Comune non poteva assolutamente fare spese straordinarie, e sostenne che sarebbe stata una vera barbarie levare anche un centesimo per uno di tasca ai contribuenti ormai aggravati, povera gente, in un modo intollerabile.

Quest'ultima osservazione fu trovata giudiziosissima, e non ci furono altro che i soliti quattro o sei birbaccioni che seguitarono a brontolare. Il medico incominciò da quel giorno a guardare nello Sperimentale se c'eran punte condotte vacanti, e Nando fissò con un contadino un mezzo latte da scontarsi alla fine di marzo in tante vetture di concio, se la creatura fosse campata.

Così fu sistemata ogni cosa, e la mattina dipoi non si pensava ad altro che ad affrettare col desiderio il giorno della festa, impensieriti che quella stagionaccia, se durava, l'avesse a sciupare. Ed era, davvero, un freddo da crepare. Per la strada non c'era anima viva, e tutti se ne stavano rintanati per le case e per le botteghe ad aspettare che passasse quello strizzone di ghiacci, perché proprio un freddo come quello, anche a detta de' più vecchi, sarà stato trent'anni che non s'era fatto sentire.

La solita vita d'uggia pareva già ricominciata stabilmente, quand'ecco che in fondo alla strada comparisce, glorioso e trionfante, questo famoso terzetto: un uomo, una donna e un giovanotto, che arrivavano a passo di carica non si sa di dove. Lui (si seppe dopo che si chiamava il signor Fabio), lui a destra, secco allampanato, a testa ritta, col cappello di paglia, con una valigetta di pelle scrostata in mano, vestito da capo a piedi di tela chiara che gli sventolava da tutte le parti, pareva Zeffiro in persona che tornasse dalle bagnature. A sinistra, il suo figliolo Clementino, lungo anche lui come una pertica, anche lui mezzo nudo, verde nel viso, con le spalle in capo e gli occhi incavati e lividi, pareva il gran Turiferario dei sacerdoti d'Honan. Nel mezzo, la signora Matilde, grassa, chionza, viscida come una pentola di sugna, la quale con un tronchetto alla polacca, sfondato, nel piede destro, e nell'altro una ciabatta, veniva avanti ponzando dietro alle gambacce di quegli omini, rinfagottata in uno scialle in brandelli, di sotto al quale sbucava, fino alle calze gialle, una sottana strapanata, piena di pillacchere secche. Pareva un trionfo di cenci da lumi.

Che voglia di ridere e che ribrezzo squallido metteva addosso la vista di que' tre disperati! Eppure erano allegri! Eppure, dai loro modi disinvolti pareva, in verità, che volessero proteggere qualcuno e che de' caldi a quella maniera ne fosser venuti di rado anche nell'agosto. Arrivati in piazza, si fermarono a dare un'occhiata in tondo, poi entrarono nel caffè. Un mucchietto di disoccupati andaron dentro poco dopo con una scusa o con un'altra, per vedere da vicino quello spettacolo: ed anche io, non potendo resistere alla tentazione, mi avvicinai alla bottega.

Quando entrai dentro, il signor Fabio, proprio lui! leticava con Gianni caffettiere, perché non ci aveva burro.

«Paesi barbari! paesi da lupi!», badava a urlare inviperito; e per avvalorare il suo nobile sdegno, gli ci schioccò anche il suo bravo giuraddio.

Lui n'avrebbe fatto anche a meno, diceva; ma la signora era abituata, e senza burro era impossibile che lei la mattina potesse mangiare. E dava certe manate sulla tavola da spezzare il marmo.

«Soffro d'intestini, ha capito?», disse sorridendo a Gianni la signora Matilde con un vocione che pareva l'Orco.

«Che gli ho da dire, signori miei?», osservò Gianni guardandomi. «Se voglion del caffè, non sarà una gran bona cosa, ma ce l'ho; se voglion de' biscottini, ci sono anche quelli; se no, un ponce o un bicchierino di qualche cosa... Ci abbiamo della bona coca, della benedettina, del curassò...»

«Bistecche, carne, arrosto, ci sarebbe da averne?», saltò su il signor Fabio.

«Eh! carne, nossignore, perché ieri l'avevan già finita, e fino a sabato non ammazzano. Eppoi qui non si fa cucina.»

«Uova bòne e fresche, nemmeno?»

«No, no, Fabio, lo sai, mi son troppo calorose», ruggì amorosamente la signora Matilde.

«Cameriere!»

«Comandi?»

«Un bicchierino di mescolanza: acquavite e rumme.»

«Da un soldo o da due?»

«Da uno.»

Poi attaccò discorso con noi. Ci salutò tutti a uno a uno, volle sapere i nostri nomi, ci domandò dove si stava di casa, si mostrò incantato delle nostre belle campagne e chiese informazioni dell'agricoltura, delle industrie e della popolazione del comune. Quindi ci raccontò una parte della sua storia. Ci disse che andavano in Romagna a dare un'occhiata a certi loro possessi, che in una locanda erano stati derubati del loro vestiario, che viaggiavano a piedi per diletto; e volle sapere se c'era almeno un po' di teatro per passare la serata, se no avrebbero proseguito subito il loro viaggio.

Il quel tempo la signora aveva tirato fuori un pezzo di pane, e dopo averne dato a Clementino la metà, se lo mangiava guardando il bicchiere del marito. E intanto mi accorsi che, infreddati come erano, avevano una pezzòla da naso in tre e se la passavano fra loro con elegante noncuranza. Soltanto, due o tre volte, un lembo dello scialle della signora Matilde risparmiò a Clementino l'incomodo della passata.

Dopo quella che lui chiamò colazione, ci chiese un sigaro perché i suoi li aveva nella valigia, della quale, per maledetta disgrazia, aveva perduto la chiave. Gli fu dato, lo dimezzò perché intero non tirava, cominciò a fumare saporitamente, poi chiese a Gianni un mazzo di carte.

«Trovami il sette di picche!»

Gianni sfogliò il mazzo delle carte, e il sette di picche non lo trovò.

«Ah! briccone. Mi davi un mazzo di carte scompleto! Guarda dove se l'era ficcato questo birbante per canzonarmi!» E gli levò con uno scapaccione il cappello di capo, dentro al quale era il sette di picche.

Fu una risata generale. Gianni restò confuso e tutti si accostarono al tavolino, domandando al signor Fabio come aveva fatto (ormai cominciavano a prenderci confidenza) ed invitandolo a fare qualche altro giuoco.

Il signor Fabio non si fece pregare. D'una pallottola di midolla di pane ne fece sette, levò un dente al su' figliolo, fece sparire un coltello e un cucchiaio che li trovarono in tasca del Bandoni tabaccaio, mangiò una libbra di stoppa e un fiammifero e durò un'ora a sputar fuoco e a tirarsi fuori nastri di bocca; e da ultimo, senza destarla, levò un tappo di sughero dal naso della sua signora che s'era addormentata ritta e russava come un trombone.

Intanto pioveva gente da tutte le parti, e la bottega riboccava di ammiratori, molti dei quali, per veder meglio, erano montati sui panchetti, sui tavolini e perfino sul banco, con grande stizza di Gianni che lì su, poi, non ce li voleva un accidente.

«Silenzio! non lo vedete, lègge!»

Il signor Fabio lesse, fra la più accigliata attenzione dell'uditorio, alcuni brani d'un libro di segreti da lui composto. Smacchiò i panni a tutti con una boccetta di liquido che aveva in tasca, e con una polvere bianca ridusse d'argento tutti i cucchiai, tutte le forchette e tutti i coltelli di Gianni. Le occhiate, i gesti e le dimenature di capo dicevano chiaramente che nessuno s'era mai trovato a veder fare delle maraviglie a quella maniera. Qualche cosa di quel genere o più qua o più là, parecchi l'avevan visto; ma a quel modo no.

A poco a poco era comparso in bottega anche qualche pezzo grosso, e allora le acclamazioni erano ricominciate e da ogni parte si chiedeva qualche cos'altro. E perché il signor Fabio aveva la gola secca, gli fu fatto presentare un altro bicchierino d'acquavite e rumme, e uno simile fu offerto a Clementino e alla signora; ma la signora volle rumme solo, perché l'acquavite gli restava calorosa. Allora pel signor Fabio non fu più possibile liberarsi: i giuochi più belli furono ripetuti, le acclamazioni andarono al cielo, e l'entusiasmo e l'ammirazione arrivarono al tal segno, che a mezzogiorno preciso il signor Professore, la signora Matilde e Clementino, liberati dai volgari applausi della canaglia, sedevano alla mensa del signor Sindaco, riveriti e accarezzati da quella rispettabile e brava famiglia.

Mangiarono come lupi anche la roba calorosa. Ma dopo desinare, Clementino e la sua signora madre si sentiron male. Lei ebbe uno dei soliti disturbi d'intestini, e Clementino dei giramenti di testa, come gli accadeva spesso, disse il signor Fabio, quando a pranzo usciva dai tre consueti piatti di famiglia.

Il Professore, però, era in testa e in gambe. Non aveva un soldo da far ballare un cieco; bisognava farne in serata per andar via la mattina dipoi, e gli riuscì senza darsene tanta pena.

«Mi occorre da lei un piacere, signor Professore», gli disse il Sindaco, tirandolo in disparte.

«Sono ai suoi comandi.»

«Ma non me lo deve negare.»

«Ripeto: signor Cavaliere, lei mi comandi.»

«Allora senta. Il Proposto ha da tre anni una sorella inferma d'un tumore, dicono, in corpo; hanno fatto venir professori da tutte le parti e glien'hanno fatte di tutte senza poter ottener mai nulla. Lei deve esser tanto garbato di venirla a vedere, eppoi sapremo riconoscerlo...»

«No, no, non parliamo di queste cose!...»

«Venga qui, non se n'offenda, lasci fare a me perché il merito va ricompensato, e per arrivare a saper qualche cosa, parlo per esperienza, so che il solo talento non basta e che ci vogliono de' quattrini e dimolti.»

«Lei, signor Girolamo», rispose il professore, «forse senza pensarci, mi ha colto nel mio debole: amare, soccorrere il prossimo quando e finché si può... così sta scritto sulla mia bandiera. Ed ora, prima d'andare dal signor Proposto chiedo un favore a lei. Per consumare utilmente la giornata, vorrei dare qualche consultazione, e mi abbisognerebbe una stanza...»

«Quella dell'elezioni giù in piazza! Mando subito a prendere la chiave.»

«La ringrazio. Stasera, poi, per finire allegramente, vorrei dilettare questi buoni popolani e questi gentili signori...»

«Di là in sala. Benissimo, benissimo! È tutto fissato, e ora andiamo.»

Chiesero notizie della signora Matilde che stava meglio, e di Clementino che era uscito a prendere una boccata d'aria, e se n'andarono dal Proposto.

Prima di buio aveva già sganasciata mezza popolazione; vendé un cento delle sue boccette da smacchiare, altrettante cartine di polvere bianca e una cinquantina di copie del suo libro di segreti; tutto al modicissimo prezzo d'una lira e mezza lira, tranne i numeri del lotto, che la signora Matilde li dava gratis a chi comprava uno specifico qualunque o si levava un dente.

Nello sbuzzare un tumore, tagliò un'arteria a un contadino che fu salvato generosamente dal medico, il quale corse subito ad allacciargliela; più tardi andaron tutti a cena dal Proposto, dove il signor Professore e la signora Matilde furono d'una lepidezza da innamorare; e dopo, tutti dal Sindaco per l'accademia.

E fu quella, davvero, una serata memorabile per la famiglia del signor Girolamo e per tutto il paese. Prima, giuochi di prestigio nei quali il Professore fu, come al solito inarrivabile. Dopo rinfreschi e colletta a favore del signor Fabio, e il signor Fabio diceva: «A favore dei miei contadini più poveri».

Ci furono giuochi di sala, e Clementino fu impareggiabile per il brio, e per la novità di quelli che seppe organizzare. Ci fu musica , e la signora Matilde, quantunque infreddata, cantò: Addio mia bella, addio, con tal sentimento che tutti piangevano, disse il signor Girolamo, come nel '59. In ultimo ci fu ballo, e il signor Fabio sonò il pianoforte in tal modo che nessuno aveva mai sentito una cosa simile.

Insomma, fecero il tocco dopo la mezzanotte e finì la veglia quando tutti credevano che non fossero né anche le dieci.

«Ah! che peccato che quei signori se ne debbano andare così presto!», diceva il signor Girolamo, mentre si spogliava per andare a letto. «Quella è una famiglia che io la vedrei dimolto volentieri stabilirsi qui. Che brav'uomo! che testa dev'esser quella!... Hai sentito, Carlotta? m'ha dato due o tre volte di cavaliere!... Ma che ci sia qualche cosa alle viste per me, e lui l'abbia già risaputo da quel su' amico di Roma?!»

«Domandaglielo domattina», osservò sua moglie.

«Gliene voglio domandare davvero, perché qualche cosa sotto ci deve essere... Glie l'hai messo il piumino bono?»

La mattina, non ci fu verso di trattenerli: alle otto partirono. Il Proposto era alla finestra a sventolare la pezzòla; un numero vistoso di ammiratori erano in piazza per salutarli; ci fu anche qualche abbraccio, e a mezzogiorno i tre ospiti rimpianti, seduti sulla spalliera d'un ponte, in mezzo alla campagna, mangiavano allegramente una cartata di salame, e vuotarono un bel fiasco di vino, gongolanti come pasque per la retata che avevan fatto quando meno se l'aspettavano.

Appena finito il salame, il Professore tirò fuori un lapisse e, fatti pochi numeri sulla carta unta, annunziò alla sua Matilde che, senza contare i regali di vestiario usato, avevano in cassa centonovantasette lire e venticinque centesimi.

Fu un urlo di trionfo. La signora Matilde poco mancò che in uno scatto di gioia non andasse di sotto al ponte; Clementino sbadigliò sonoro, e il Professore, gridando: «Mòia l'avarizia!» scagliò in aria il fiasco vòto che andò a rompersi fischiando sul greto del torrente.

A quell'ora precisa, il medico sfogliava gli ultimi fascicoli dello Sperimentale per trovarci qualche condotta vacante, e Nando barrocciaio scordava la fame abballottandosi in braccio la sua creaturina che rideva.

Dolci ricordi

Ed anche lui è morto! Sotto quell'aspetto mite e sereno, sotto quel sorriso che, tra gli amici, gli brillava fisso nei piccoli occhi azzurri, tutti credevano ad un'anima lieta e spensierata; nessuno, tranne io, ad un carattere pensoso e forte.

A dodici anni lasciò, per gli studi, la casa paterna e, solo, lontano da' suoi, in quell'età nella quale, pur vagheggiando lo spazio, sentiamo sempre il bisogno d'esser covati dalla mamma come rondinotti prima di fidarsi al volo, dovette avventurarsi nel turbine della vita a farvi da uomo quasi innanzi d'esser ragazzo.

«Ma fu la mia salute e vinsi!», mi diceva spesso con orgoglio, «vinsi, perché armato, fino dall'infanzia, di quell'educazione larga ma onesta, qualche volta romantica ma sempre vigorosa, che i nostri vecchi liberali davano ai loro figli, allevando uomini forti d'animo e di braccio, non ganimedi parrucchieri ed isterici.»

«O senti», mi diceva una notte mentre lo vegliavo ammalato, «senti un saggio originale del metodo, una scenetta di famiglia che, dopo tanti anni, ho sempre fresca qui nella memoria fra i miei ricordi più dolci.

Mio padre, medico in un comunello di montagna, guadagnava, quando io ero ragazzetto, cinque paoli al giorno, che oggi sarebbero due lire e ottanta centesimi. Coi miseri incerti di qualche consulto, di qualche operazioncella e di qualche visita fuori della condotta si può calcolare che il suo guadagno arrivasse a circa quattro lire, piuttosto meno che più. Con queste doveva mantenere decorosamente la sua famiglia, un cavallo, un servitore, e me all'Università... Vado per le leste e perché sento che il discorrer troppo mi aggraverebbe il petto e tu forse ti annoieresti.

Una sera dopo le vacanze del Natale, avevo allora diciassette anni, torno a Pisa con la mia mesata d'ottanta lire nel portafogli. Il rivedere gli amici mi mette allegria, vado a cena con una brigata di quei bontemponi, bevo, mi elettrizzo, giro cantando per le vie della città fino ad ora tarda, e da ultimo casco in una casa da giuoco, dove in un paio d'ore lascio tutta la mesata, più trenta lire di debito con un amico che me le prestò. Una piccolezza, se vogliamo, ma una piccolezza che per le condizioni della mia famiglia era grave, forse troppo grave.

Arrivato nella mia cameruccia, mi buttai sul letto, ma non potei dormire. Sbuffai, mi svoltolai continuamente senza trovar riposo. Ebbi qualche breve dormiveglia, ma fu peggio. Brillanti, assassini, miniere d'oro, coltellate, mostri paurosi, corse a perdita di fiato per deserti a perdita d'occhio, urli, fischi, imprecazioni... sognai un po' di tutto; e finalmente un grande scossone e tanto d'occhi spalancati, grondante di sudore.

"Che si fa?", pensavo. "Chiedo a qualche amico? Scrivo a qualche parente? a mia madre? a mio...? Ah!... qui bisogna uscirne presto. Un atto di contrizione, un po' di dramma, quattro urlacci, due tonfi, magari... e perché no? magari una fitta di scapaccioni, e tutto è finito, e non ci si pensa più." Salto giù dal letto, mi faccio prestare pochi soldi dal primo amico mattiniero che incontro, mi rincantuccio in un vagone di terza classe, e via a casa.

Il viaggio mi fece bene. Parlai continuamente di politica, di guerra e di donne con un associatore di libri che andava a Signa, ed ebbi dei momenti nei quali, sognando sul serio gloria, armi ed amori, in faccia al mio associatore che mi guardava, stava zitto e fumava la pipa, dimenticate le mie miserie, mi sentii quasi orgoglioso d'aver anch'io la prima bravata da raccontare.

Ma quando vidi spuntare fra i boschi la torre del mio paesello, eppoi il tetto della mia casa e il fumo che usciva dalla torretta del suo cammino, la baldanza mi cadde e sentii le gambe che mi tremavano.

Quand'arrivai a casa, mio padre non c'era. Mia madre si spaventò perché, vedendomi pallido, mi credette malato.

"Non ho nulla, sto bene... proprio sto bene."

Il suo viso si rasserenò subito e, fatta forte da questa buona certezza, ascoltò abbastanza tranquilla, mentre preparava il desinare, il racconto che le feci dal canto del fuoco, dove m'ero rannicchiato, scaldandomi alla fiamma che schioccava allegra sotto un paiolo di rape. Quando ebbi terminato:

"Figliolo!... io ti domando come si deve fare a dirlo a quell'omo!", esclamò guardandomi sgomenta. Poi dopo una lunga pausa pensosa:

"È impossibile! Come vuoi che faccia a renderti ora una mesata, se ce n'ha appena tanti per andare avanti noi?!... Trovarli!... E dopo?... Non c'è carità, in questo momento non c'è carità... Gli sta peggio quel malato e pare che vada a morire..."

Io stavo zitto a guardarla, lei si chetò.

Il tepore del mio nido, la stanchezza e il mugolìo del vento su per la gola del camino mi conciliarono il sonno e, senza accorgermene, mi addormentai col capo appoggiato sulla spalliera della seggiola.

Quando mi destai, vidi mio padre seduto dall'altra parte del focolare, che si asciugava alla fiamma i calzoni fradici di pioggia. Pareva stanco ed era pallido. Tossiva malamente ed aveva schizzi di fango fino sulla faccia.

Sentendomi muovere, alzò la testa.

"Buon giorno, babbo."

"Buon giorno", mi rispose. E non mi disse altro.

Dopo qualche momento si alzò, disse a mia madre d'affrettare il desinare perché aveva bisogno d'escir subito, e andò in camera sua.

"Glie l'hai detto?", domandai trepidante a mia madre.

Essa mi accennò di sì.

"Che ha detto?"

"Ha domandato come stavi e s'è messo a leggere."

Il desinare fu nero. I miei vecchi barattarono fra loro poche parole d'affarucci di famiglia, ed io, sempre aspettando una tempesta, che mi avrebbe fatto tanto bene al core per votarlo d'urli, di bile e magari di pianto; per vedere se in una sfuriata trovavo la gretola di non avere tutto il torto io, ebbi a rimanere gelidamente trafitto dalle poche parole che nel tòno usuale e quasi con amorevolezza mi rivolse mio padre.

"Beppe l'hai veduto?" (era un suo vecchio compagno di studi che io avevo sempre l'incarico di salutare quando andavo a Pisa).

"No..."

"Domattina partirai col primo treno... Ti chiamerò presto perché dovrai andare alla stazione a piedi... Del cavallo ne ho bisogno io."

"Sì."

Finito il desinare, andò via. Tornò a sera inoltrata, prese un boccone e andò a letto, dopo avermi fatto con gli occhi stanchi una burbera carezza.

La mattina dopo, mi svegliò alle cinque. Era buio, freddo, vento e nevicava forte. Quando uscii di camera, mia madre, già alzata, mi aspettava per dirmi addio.

"Gli ha lasciati a te i quattrini?" le domandai sotto voce.

"È là fòri che ti aspetta."

Corsi sulla porta e alla luce della lanterna con la quale il servitore ci faceva lume, lì davanti, mio padre già a cavallo, immobile, rinvoltato nel suo largo mantello carico di neve.

"Tieni" mi disse, parlando rado e affondandomi ad ogni parola un solco nell'anima. "Prendi... Ora è roba tua... Ma prima di spenderli!... Guardami!...", e mi fulminò con un'occhiata fiera e malinconica. "Prima di spenderli, ricòrdati come tuo padre li guadagna."

Una spronata, uno sfaglio, e si allontanò a capo basso nel buio, tra la neve e il vento che turbinava.

Scampagnata

È inutile, caro mio; ci sono certe occasioni nelle quali è impossibile dire di no. Ti pressano, ti conquidono, ti obbligano con tante premure che il rifiutare sarebbe lo stesso che commettere una vera sconvenienza verso persone le quali non hanno altro pensiero che di farti una gentilezza.

Accusi gli affari? «Per un giorno», ti rispondono, «non ti cascherà il mondo.» Fa troppo caldo? «Venga la mattina pel fresco.» La via dalla stazione al paese è lunga? «Lo mando a prendere col barroccino.» Hai fissato di passar la giornata con un amico? «Meni anche lui...» Insomma, gli dissi di sì, e domenica mattina andai e la feci finita.

Appena arrivato in paese tra la folla dei contadini che uscivano dalla prima messa e mi guardavano come una bestia feroce, domandai della casa del signor Cosimo, alla quale domanda otto o dieci mi si offersero per accompagnarmici.

«Eccola lassù: la vede quella palazzina con una torricella sul tetto? è quella. Che lo conosce lei il sor Cosimo? Buon signore quello! O il su' fratello prete?! ah! o lui? O la su' moglie, la sora Flavia? Bona signora è quella, e quante elemosine fa! Ma anche la sor'Olimpia, veh! la sorella, si direbbe, del signor Cosimo... Ha le su' idee anche lei, diremo, come se uno dicesse che ha la gran passione de' libri che n'ha sempre uno per le mani e ci ha perso quasi la testa; ma dopo, vede? lo ridice tutto a mente che a volte non ci si crederebbe nemmeno. Gran bona ragazza però, anche lei! e per la su' famiglia, quando c'è da mettere in carta qualche cosa, se non ci fosse lei, non saprebbero da che parte rifarsi. Prima c'era Bistino, il su' figliolo maggiore del sor Cosimo; ma ora è a Volterra in Seminario, dove dice che si fa tanto onore che neanche per le vacanze non lo voglion mai rimandare. È dimolto bravo quel ragazzo! E quando c'era lui, anche il Cappellano alla su' tesa, col su' aiuto... pigliavan più uccelli loro in un giorno che tutte quest'altre tese in una settimana... Guardi; lei pigli di qui e su e ci va a battere il capo senza sbaglio.»

Tutte queste notizie sui miei ospiti, che in parte già conoscevo, mi furono date per via dai contadini, i quali, uno dopo l'altro, facevano a gara a favorirmele, finché, messomi all'imboccatura d'un breve viale che menava alla villa, mi ebbero lasciato, salutandomi rispettosamente e domandandomi se m'occorreva servitù.

«Non mette male!», dissi, dandomi una fregatina di mani. Era tanto che mi struggevo di passare una giornata di riposo in campagna, che affrettai il passo per anticiparmi la contentezza d'un'ora di pace fra le pareti patriarcali di questa buona famiglia campagnola, lontano dalle noiose etichette, dalle cordiali accoglienze fatte col compasso, dai freddi entusiasmi, dalla gretta ospitalità, infine, che spesso siamo costretti a ricevere e qualche volta, pur troppo! anche a dare fra le esigenze della vita di città.

Appena sonato il campanello, un giovanotto in maniche di camicia e col grembiule bianco tirato su e fermato alla cinghia dei calzoni, mi venne ad aprire sorridendo.

«C'è il signor Cosimo?»

«Eh! sissignore. Passi, passi. Lei è quel signore di Firenze che ieri mandò a dire che facilmente sarebbe venuto, eh?»

«Sì.»

«E allora venga, venga. M'ha detto il padrone che lo faccia passare nel salotto bono, e ora vien subito anche lui. Bravo signore! Ha fatto bene, sa, a venire. Era tanto che lo dicevano e che l'aspettavano! Stanno tutti bene a Firenze? Guardi: passi qui dentro e s'accomodi. Con permesso.»

«Andate, andate, giovanotto.»

Mi misi a sedere, sotto la finestra, sfogliando un vecchio album di fotografie, e intanto potei accorgermi che il mio arrivo aveva destato, davvero, rumore, perché si sentiva su, al primo piano, un gran sbatacchio d'usci e un gran vai vieni di piedi calzati e scalzi pei quali cascava giù dal palco una pioggiolina fitta di bianco d'intonaco, e i vetri della finestra e la campana d'un Gesù bambino di cera, che si vedeva sulla cantoniera, trillavano come se desse il terremoto.

Dopo qualche minuto sentii raspare alla porta, poi una gran pedata; s'apre ed entra un bambino di circa sei anni, con una mela in mano mezza rosicata, che si mette a guardarmi e con aria dispettosa mi domanda:

«O che è vostro cotesto libro? L'avete a posare, se no lo dico allo zi' prete».

Io poso l'album e lui séguita a guardarmi in cagnesco.

«Che siete quel forestiero che doveva venire?».

«Sì, piccirillo.» Affettando dolcezza per ammansirlo, stesi la mano per prendergli il ganascino. Lui si tirò indietro due passi, e mi accennò di tirarmi la mela nel viso.

«V'avete a fermare colle mani, v'avete! O che ci siete venuto a fare quassù?»

Mi seccava e non risposi.

«Sìe, sìe, tanto lo so, 'un pensate, che ve l'aveva detto mi' padre; ma mi' madre nun voleva perché gli è toccato ammazzare tutti que' polli che li pela ora Gostino. Ma stasera ve n'andate?... Nun mi volete rispondere? Ma intanto ci ho gusto, sì; perché quando mi' madre v'ha visto per la strada v'ha mandato tanti accidenti...»

La porta si spalancò e comparve in ciabatte la mole magnifica del signor Cosimo, il quale cordialmente sorridendo mi buttò le sue manone sulle spalle, dicendomi tre volte: «Bravo, bravo, bravo!».

Poi, voltosi al ragazzo:

«E lei che ci fa qui?».

«Cosa mi pare.»

Con uno scapaccione lo mise fuori dell'uscio e m'invitò a sedere.

Mi dettero subito nell'occhio le frittelle d'unto e le sgocciolature di vino e di caffè che il sor Cosimo aveva sui calzoni e sulla camicia. E, per dire il vero, provai un senso spiacevole come di poco riguardo verso di me; ma fui subito tranquillizzato dalle scuse che mi fece d'essersi fatto aspettare perché era andato su in camera a ripulirsi un poco.

«Oh! ma le pare... Dio mio! signor Cosimo!»

«O bravo, bravo, bravo! Ma che stagione, eh? Senta, lei deve aver bisogno di rinfrescarsi... Gostinooo! Che ne dicono, che ne dicono a Firenze di questa sementa?... Bravo, bravo, bravo! Lei s'è degnato e ci ha fatto veramente un regalo.»

«Comandi, signor padrone?»

«Andate su, Gostino, fatevi dare dalla padrona le chiavi della credenza e portate da rinfrescarsi a questo signore.» E al bambino che era ritornato dietro al servitore: «E lei vada subito a lavarsi il muso e si pulisca il naso, porco!». E con un altro scapaccione lo rimise fuor dell'uscio.

«E di frutte, caro lei, anche quest'anno, nulla!»

«Ah!»

«Eh! che vòl che gli dica? Da tre anni si vede che c'è entrata la malìa. Si figuri che prima ne rimettevo anche quattrocento libbre di parte, e ora... quando cinquanta, quando sessanta sì e no... Ma poi che roba! imbacan tutte! Scusi, venga con me in granaio... Ma, no... Sento il mi' fratello che scende: s'aspetterà lui.»

«Aspettiamo lui.»

«È un bell'originale, sa?... un brontolone!... Ma poi in fondo è bono, veh! L'altro giorno, per esempio, vede? lui soffre tanto di mal di stomaco e, con rispetto, d'un vespaio che ha qui...»

Gli anticipati della presentazione furono interrotti perché entrò nella stanza don Paolo, facendo una profonda riverenza. M'alzai per andargli incontro, ma:

«Non permetto; stia comodo, signore. Se non gli dispiace, tengo in capo perché è la mia abitudine. S'accomodi, s'accomodi pure».

Ci fu un momento di silenzio, eppoi il sor Cosimo riprese la conversazione:

«Vedete, Paolo, questo è quel signore che si diceva anche l'altra sera...».

«Lo so, lo so; benedetto voi che non la fate mai finita. O quante volte le volete ridire le cose?»

«No, vi volevo dire...»

«L'avete fatto rinfrescare?»

«L'ho detto a Gostino. Ora verrà.»

«E lei è di Firenze, eh?», mi domandò il Cappellano.

«Per servirla.»

«Annataccia, caro signore. Se non piove non si fa la prima. Anno, in questo giorno d'oggi, alle dieci, n'avevo presi cinquantasei! e stamani... dianzi me ne son venuto all'otto per la messa, s'era preso tre uccellucci e un maledetto falco che m'ha rovinato, guardi, mezza questa mano. O a Firenze ne pigliano?»

«Per dir la verità, non ne ho domandato.»

«O il priore di San Gaggio ne piglia quest'anno, ne piglia?»

«Che sappia io... non glielo saprei dire.»

«Ah! perché venerdì passato mi mandò a dire che non aveva fatto nemmeno l'ingabbiature. Dice che c'è padre Lorenzo della Santissima Annunziata che non sta punto bene. Che è vero?»

«Se debbo dirle la verità... non lo so.»

«O dunque, o che non sa nulla lei?»

«Le dirò... Parliamo piuttosto di lei. Mi diceva ora il signor Cosimo...»

«Io torno un momento alla tesa. Il desinare, dite Cosimo, per che ora?»

«Diteglila voi a quelle donne l'ora che vi fa comodo.»

«Ah! eccone una!», disse don Paolo che era sull'uscio per andarsene.

«A che ora si mangia, Flavia? a mezzogiorno?»

La signora Flavia, moglie del mio ospite, accennò di sì col capo entrando nella stanza, mentre il Cappellano, insalutato ospite, se n'andò alla tesa. Mi venne incontro pari pari, mi domandò come stavo, mi disse che ci aveva piacere prima che io le rispondessi «bene», e si piantò a sedere a guardarmi. Il sor Cosimo, che faceva tutte le parti:

«Vedi, Flavia: questo è quel signore che ti dicevo l'altra sera...». E la sora Flavia daccapo.

«Che fa? sta bene?»

«Sissignora,»

«O la su' sposa?»

«Benissimo: grazie.»

«La saluti.» Eppoi, guardando il marito come per domandargli se mi doveva dire altro, si rimise zitta a contemplarmi.

Per fortuna il signor Cosimo mi levò dall'imbarazzo di trovare un tema per la conversazione e la riattaccò colla politica. Ed essendoci allora sul colmo la questione di Tunisi, naturalmente cascò addosso a Tunisi e s'arrabbiò, s'infiammò, e spiattellò sbuffando le sue idee sulla politica estera, e concluse che se lui e 'l su' fratello prete fossero stati al ministero, i Francesi a Tunisia non c'erano neanche per la misericordia di Dio, perché... Ma lo interruppe la signora Flavia per domandarmi se nella roba del mio vestito c'era cotone. Tenni dentro una risata e le risposi a caso di no.

«E allora costerà dimolto, eh?»

«Sì... mi pare sette lire il metro.»

«Ah, fanno a metri loro! Dev'esser roba bona, però! Vedi, Cosimo, te l'avresti a fare compagno...»

«Sìe, sìe, benedetto vizio di venire a troncare i discorsi in bocca! se ne parlerà poi... poi se ne parlerà.» E rivolgendosi di nuovo a me:

«Perché se la Francia...». Ed era per riattaccare su Tunisi quando si vide aprire la porta e compare la sua sorella, la signora Olimpia, nubile sulla cinquantina, quella che i contadini m'avevan dato come una letterata.

Aveva un vestito celeste chiaro sbiadito col cerchio, una mantiglia color pulce sul braccio, in capo una pamela di paglia giallo-sudicio guarnita con un tralcio d'ellera naturale, e due pendoni di capelli impecettati le scendevano con dolce voluta quasi fino sulle guance leggermente salsedinose. In una mano aveva l'ombrellino da sole e un mazzetto di vainiglia, e nell'altra un libro dentro al quale teneva l'indice per segno. Si avanzò con disinvoltura ostentata, e con un inchino a occhi strizzati:

«Oh! signore», mi disse, «ella è benvenuto in questo modesto abituro».

«Delizioso abituro, signorina, dove non vorrei essere importuno.»

Strizzò gli occhi di nuovo e mi sorrise. E sculettando meglio che poteva, andò a sedere con le spalle voltate alla finestra. Le grossolane malizie di fanciulla molto matura le conosceva.

Io la osservavo con la più grande attenzione, quando mi sento arrivare una gran manata sulle spalle, e il sor Cosimo mi dice:

«Sentirà come scrive in poesia quella ragazza! Ce l'hai costì, Olimpia, quel sonetto che facesti domenica passata?».

«Quell'ode, via, volevi dire.»

«Sìe... o sonetto o ode, è lo stesso. Ma sentisse!... colle rime e ogni cosa!! Ma gli dico!... Faglielo sentire, via.»

«Poi, Cosimo, poi.»

Dio mi tenga le sue sante mani in capo! E rivolgendomi alla signora Olimpia che teneva sempre il dito nel libro:

«Che cosa legge di bello, signorina?».

«Do un'occhiata al Leopardi.»

«Ah!... Ah...»

E il sor Cosimo:

«Bello! bello! bello!».

«Lo conosce anche lei, signor Cosimo?»

«Perbacchissimo! Ce lo lèsse domenica passata alle frutte che ci fece pianger tutti come bambini.»

«No, Cosimo, avete inteso male. Il signore voleva dire di questo libro qui.»

«Ah! io!? chè, chè, chè,! Dicevo del sonetto, io. Ma poi lo sentirà... E gli devi dire anche quello di quando vestirono abate il figliolo del Calamai. O quello! Eppoi... Ma che crede che ce n'abbia uno? Ce n'ha una cassettata tutta piena che, se uno è bello, quell'altro non canzona... Poi, poi sentirà.»

Io che ero impaziente di sentire i suoi giudizi sul Leopardi:

«Come trova cotesta lettura, signorina?» domandai alla signorina Olimpia.

«Le dirò», mi rispose, «per dire la verità, in fondo non ci sono ancora arrivata... ma, se devo essere sincera, mi pare che ci sia poco interesse.»

«Ah!»

«Non le pare a lei?»

«Eh! in certo modo... sì...»

«Scusi; non c'è mai un episodio finito. Lei trova Consalvo (quella, già, è rubata dal Tasso: la scena di Clorinda e Tancredi); trova Consalvo, va bene? Consalvo muore; eppoi, almeno fin dove sono arrivata io, di lei non se ne sa più nulla. E lo stesso è dei caratteri! Ci sarebbe quello di quella Nerina, che sarebbe bello; ma, Dio mio, è così poco spiegato!... Ne conviene?»

«Eh! sì, per dire la verità...»

«Vedete, Cosimo, se avevo ragione, quando se ne parlò l'altra sera colla signora Amalia!»

«Ma lo credo!», disse il sor Cosimo, approvando con una gran risata. «Ma che ti vorresti confrontare con quella superbiosa lì? Vada sett'anni alle Salesiane come ci sei stata te, eppoi venga a ragionare. Tanto è inutile», disse poi mezzo stizzito, «m'hanno a tirar fòri quanti gli pare; ma come il Metastasio... Che dico male?»

«Tutt'altro...».

«Ma che mi burla! Io scommetto che anche a mettersi in cento... se son boni di scrivere tanti libri... neanche la metà di quelli che ha scritto lui. Ma poi come bene! E non ce n'è stati altri, veh!

Chiama gli abitator dell'ombre eterne...

Ah! no; questo è dell'immortale Torquato...

Sogna il guerrier...
Sogna il guerrier le...?

«Sì, si; questo è vero», riprese, interrompendolo, la signora Olimpia che al discorso del fratello aveva sempre mosso la testa approvando. «Il Metastasio va lasciato stare; ma anche questo qui, badate, Cosimo, è carino dimolto. E anche lui ha scritto con que' versi uno più lungo e uno più corto che mi piacciono tanto perché c'è il comodo di metterci quanti vocaboli si vòle... Ma come son difficili! e come li tratta bene anche il Clasio!»
«O quello», saltò su il sor Cosimo: «o quello, che è scritto poco bene, con tutte quelle sentenze!...

Ma l'uom saggio mai non falla
Né in superbia né in viltà;
O sia bruco, o sia...

«O le Mie prigioni!?»
Io ero rimasto rintontito.
«Bravo, bravo Gostino! posa costì sulla tavola e mesci al signore», disse il sor Cosimo a Gostino che in quel momento entrò con una bottiglia e un vassoio di bicchieri.
«Sentirà che questo gli garba», mi disse Gostino mescendomi. «Le fanno appassire loro l'uve?»
«Andate, andate, Gostino», gli disse la signora Olimpia.
«Lesto, Gostino», continuò il sor Cosimo, «andate a prendere du' altre bottiglie: una del '62 sulla tavola di cantina fonda e un'altra del '59 (l'anno della rivoluzione!) e sentirà», rivolgendosi di nuovo a me, «sentirà che come quello, non per fargli torto, ma come quello lei non n'ha mai bevuto.»
«Ma... mi basta questo, signor Cosimo.»
«'Gnamo, 'gnamo: smettiamo coi complimenti... Intanto un altro gocciolino di questo, eh?»
«Grazie: non lo potrei bere, signor Cosimo. Non sono abituato...»
«Guardi, ne ripiglio anch'io: per compagnia prese moglie un frate... Glielo mesco?... Lo butti via, ma glielo mesco.»
«E allora, se vuole così, me ne dia un altro sorso per gradire... Basta... basta così...»
«Nossignore! o pieno o nulla.»
Ritornò Gostino con altre due bottiglie, e allora mi furon tutti addosso, cominciando dalla signora Flavia e non escluso il servitore stesso, perché assaggiassi anche di quelle. Il signor Cosimo mi reggeva il braccio.
Cosimo mesceva, e le due donne mi scongiuravano con gli occhi perché non volessi far loro il torto di rifiutare quella gentilezza.
Resistei un poco; ma finalmente mi toccò a cedere, ed ebbi la malaventura di lodarne la qualità e d'osservare che non solamente dovevano avere uve squisite, ma anche vasi e cantine eccellenti. Non l'avessi mai detto!
«Gliele voglio far vedere», disse subito il sor Cosimo. M'infilò a braccetto, e, lasciate le donne in salotto, con Gostino avanti che ci faceva lume, mi trascinò in cantina, ora dicendomi «badi, c'è un altro scalino», ora «abbassi il capo», e mostrandosi finalmente più maravigliato di me di quella bellezza, la quale non era altro che una stanza tutta ragnateli, con quattro botti a una parete e due caratelli in un angolo.
Bisognò che mi maravigliassi e che lodassi anch'io qualche cosa, e lodai, giudicandone dai muri di fondamento, la solidità della casa.
«Ora gliela faccio vedere.»

Dalla cantina si risalì al piano terreno che mi fece girar tutto: salotto da pranzo, stanza da stirare, cucina, forno, dispensa, armadi a muro... Eppoi la scala nuova che prima era dove ora è la coppaia; eppoi lo scrittoio che il su' fratello prete lo voleva fare dove ci levarono la stalla, ma che c'era umido... Eppoi su al primo piano dove mi fece entrare di sorpresa nella camera della sora Olimpia che era allo specchio a provarsi la mantiglia color pulce. E via, tutte le altre camere, la sala, i salotti e perfino i due luoghi di comodo, che uno bisognava che lo levassero perché dava noia al pozzo... «Ora guardi che occhiata!... e quello è l'orto. Dopo s'anderà anche lì; ma prima gli voglio far vedere anche il secondo piano.»

Andammo anche al secondo piano; e dopo avermi fatto girare una ventina di minuti, illustrandomi ogni stanza con gli avvenimenti più notevoli in quelle accaduti, dallo stanzone dove fanno i bachi allo stambugio dove il Cappellano mette in chiusa i fringuellotti da accecarsi, si fermò davanti a una porta per la quale, facendomi prima alcuni segnali che volevano prepararmi ad ammirare qualche cosa di veramente straordinario, il sor Cosimo m'introdusse in una cameruccia disfatta, dicendomi che indovinassi chi ci aveva dormito la settimana passata.

«Che vòl che sappia, caro lei?»

«Gliela do in mille... Nientemeno che il sor Angiolo!!»

«Andiamo!», esclamai, così per dare un po' di soddisfazione ai suoi entusiasmi! E lui, presa sul serio la mia esclamazione, mi tessé sul tamburo il panegirico del sor Angiolo, il quale era, nientemeno che il fratello dell'arciprete Dòdoli e nipote del benemerito signor Canonico Sinigaglia, che era venuto con lui quando Monsignore lo mandò a fare i saldi alla fattoria delle Monache!...

«Ha capito?... E ora deve vedere anche la piccionaia... Sta'!... Si vedrà poi, perché ora non c'è tempo da perdere. Sòna l'entrata e bisogna far presto, perché la messa cantata dell'undici la dice il Proposto delle Sièpole che è il Dio della furia. Bon omo, però, veh! Ah! E con lui ci troverebbe il su' pascolo anche lei perché, chieda e domandi, lui sa ogni cosa. Ne parli anche colla mi' sorella... qui ci dorme Gostino!... e sentirà che razza di talento è quello... E qui, vede? Prima c'era un uscio che metteva nel granaio; ma si fece chiudere per via de' topi. Poi gli farò vedere ogni cosa: ma ora bisogna andare, se no s'arriva che è entrata.»

In fondo alle scale c'incontrammo col Cappellano che tutto sbuffante tornava dalla tesa, brontolando della furia del Proposto. «Che aveva paura di non essere a tempo a desinare, quello strippone? Avviatevi, Cosimo, fatemi il santo servizio, accidenti a questi lavori! e ditegli che si parino intanto loro e che io fra dieci minuti vengo; se no, se la cantino da sé e non mi scoccino...»

«Vede?», mi disse il sor Cosimo, «lui è sempre a quella maniera. Quando non piglia uccelli diventa una bestia. Venga, venga; queste donne verranno da sé.»

«Son bell'e andate, sor padrone», disse Gostino.

«Meglio così. Andiamo.»

E io, che avrei avuto tanto bisogno di sciorinarmi e di riposarmi un momento, mi misi dietro al sor Cosimo che, per paura del fratello, allungava tanto il passo da tenergli dietro a fatica.

Attraverso a una caligine grassa di sudore e di moccolaia, osservavo la scena. Nell'emiciclo del coro, i cantori, fra i quali il sor Cosimo, che s'era messo in prima linea a sinistra, per non restare invisibile dietro all'altar maggiore; intorno all'altare, i preti celebranti, imbacuccati nei loro piviali ricamati d'oro che mandavano riflessi abbaglianti secondo che si movevano, percossi da un raggio di sole giallastro e polveroso che da una lunetta semichiusa attraversava in diagonale la chiesa. Poi uno spazio libero, e dopo, due ali di panche per le donne; in mezzo, quattro o sei eleganti alla moda, dal fazzoletto bianco sotto i ginocchi, unti nei capelli e inchiodati nelle scarpe, e in fondo, gli uomini serî, i veri credenti senza ostentazione, le luccicanti zucche pelate, i catarri produttivi, le pezzòle da naso turchine.

La signora Flavia, in una panca separata dentro alla cappella de' sette dolori, pregava calorosamente con la faccia quasi nascosta nel libro, e la signora Olimpia, che le sedeva alla destra, fantasticava sorridendo angelicamente verso qualche fantasma che pareva attirare i suoi sguardi su nella misteriosa penombra delle navate.

I mantici dell'organo russavano, e dai pieni polmoni scappava fuori, di quando in quando, una nota sola e fuggiasca o un do-re-mi-fa bricconcello che faceva voltare subito lietamente il sor Cosimo verso di me e il Cappellano verso l'organo, con due occhi da basilisco che mettevan terrore.

Le montagne stanno ferme e gli uomini camminano. Quando il sor Cosimo, infilando in fretta l'uscio della Canonica, m'ebbe lasciato sotto il porticato della chiesa, mi dette nell'occhio un uomo decentemente vestito, la cui fisionomia non m'era punto nuova; e nemmeno pareva che la mia fosse nuova a lui, perché nell'incontrarci che facevamo passeggiando in su e in giù, mi ficcava gli occhi in viso e quasi pareva che accennasse a un sorriso amichevole e a rivolgermi la parola. Io facevo altrettanto, quando, passandomi per la terza volta vicino, pronunziò a bassa voce il mio nome: mi venne allora subito in mente il suo, mi voltai e ci abbracciammo con una stretta e un bacio affettuosamente fraterno, che quando ci guardammo negli occhi, li avevamo umidi di lacrime.

«Dopo diciannove anni! O come mai ti trovo qui?»

«Sono medico di questo comune. E tu?»

«Son qui per diporto.»

«Verrai a desinare da me.»

«Sono impegnato.»

«Da chi?»

«Poi se ne parlerà. Ora parliamo di noi; dimmi di te, de' nostri amici, della tua vita... Ah, perdio! quanto avrei bisogno di sapere da te, quante notizie da chiederti di tanti vecchi compagni d'Università... e quante avrei da dartene io!» E qui un assalto di domande: «E del tale che ne fu?... E il tal altro che fa?... Tizio è vivo?... Caio dove si trova?» E quasi ad ogni notizia reciproca corrispondeva una voce di rimpianto e una parola di commiserazione: «È morto!... È un disgraziato!... Scappò e non se n'è saputo più nulla... È in galera». E raramente: «Sta bene... Vive... È contento».

«E tu come te la passi?»

«Da medico di campagna.»

«E coi paesani?»

«Male.»

«Perché?»

«Non sono una bestia come loro e sono un galantuomo.»

«Ti capisco. E con le autorità locali?»

«Male. Sono in odio al Sindaco e mi toccherà andarmene presto.»

«La ragione?»

«Ebbi l'imprudenza di contraddirlo in pubblica farmacia, quando, a proposito di galateo, citò monsignor Della Casa e Flavio Gioia.»

«E chi è questo mostro di sapere?»

«La più agiata, la più colta, la più rispettabile persona del paese: un certo signor Cosimo...»

«Il mio ospite!»

«Sei da lui?»

«Sono da lui.»

«O come mai?... Ma ora, no; dopo desinare verrai a trovarmi, mi racconterai tutto e staremo insieme fino alla tua partenza. Ho molte cose da confidarti, ti accompagnerò alla stazione col mio cavalluccio; ma ora entriamo in chiesa, perché la messa è cominciata... Sorridi?»

«Penso che diciannove anni indietro un invito simile non mi sarebbe venuto da te.»

«Ho sei figlioli!»

Mi fece strada in chiesa mentre io, standogli alle spalle, osservavo rattristandomi la sua cambiata persona. Quante speranze svanite! Quante illusioni stavano raggrinzate giù dentro all'anima di quel corpiciattolo smunto, già più che mezzo canuto!... E quel provvidenziale egoismo stillato dalla natura anche nell'animo dei migliori, venne a soccorrermi; e le mie malinconiche riflessioni mi si convertirono in una spasimosa compiacenza confrontandomi con lui.

«Ecco i miei padroni», mi disse sorridendo amaramente, appena ci fummo fermati in un angolo in fondo alla chiesa. «Sono tutti lassù. Conosci nessuno?»

«La famiglia del signor Cosimo e nessun altro.»

«Merita il conto di presentartene qualcuno, perché son degni della tua attenzione. Non sarebbero cattivi, se non li facesse pessimi la loro ignoranza orgogliosa. Tutti celebri, però! tutta brava gente; tutti ammirati, perché il resto è più ciuco di loro. Vedi quello che celebra? è un certo Proposto delle Sièpole. Teologo profondo, negoziante d'oli, confessore delle monache, mangiatore strepitoso e gran protettore delle molte sue nipoti. Non mi vuol bene, ma mi tollera dopo che lo curai d'una indigestione di cacio salato e baccelli.»

Il Proposto delle Sièpole in quel momento sedeva tutto compunto, e dal suo stallo d'onore, stringendosi al petto le braccia incrociate, mandava occhiate e sospiri al cielo.

«E vecchiotto però!», osservai.

«Sopra la sessantina. E quello che gli sta alla destra», continuò il medico, «è il suo Cappellano, il quale mi fa una guerra accanita, spargendo nel contado che sono un eretico, perché mi rifiutai di fargli un certificato falso di malattia. Credo che fra loro non se la dicano molto per ragioni di nepotismo. Però non si lasciano mai; e l'occupazione del Cappellano, quando seguita il principale, è d'annacquargli i moccoli. A ogni primiera ammazzata, il Proposto, un "Giuraddio!" e il Cappellano un "Bacco". E così vanno avanti, salvando l'apparenza e l'anima; ma il Proposto qualche volta la crede una umiliazione e se n'ha per male, e lo rimprovera; e allora, nella stizza, i "perdii" gli scivolan giù come chicchi di corona sfilati; e il Cappellano coi suoi "bacco, bacco" ripara a tutto, impassibile alle minacce e pronto al martirio piuttosto che cedere. È il primo cacciatore di lepre dei dintorni e giuocatore di briscola da sfidare la piazza. I popolani l'adorano perché dice la messa in dieci minuti, confessa a maniche larghe, e a chi gli fa de' soprusi, legnate da olio santo.

Quel cosino magro dalla parte di qua è uno de' così detti preti spiccioli; è un buon figliolo, povero in canna, che con una salute da far pietà s'arrabattta a tirarsi avanti con una sorella vecchia e due nipotini che educa e istruisce da sé, facendo da maestro, da zio e da babbo; e intanto s'aiuta con altri quattro o cinque scolarucci che può raccapezzare a una lira al mese, e campa non si sa come, mantenendosi, nella sua miseria, illibata la reputazione di cittadino onorato e di sacerdote esemplare. E quel che più monta, egli, rara avis, non invoca la maledizione di Dio sulla sua patria. In paese, come è facile a capirsi, o non se ne occupano o lo rammentano con disprezzo.

Quell'altro è il fratello del sor Cosimo, che tu conosci. Ti dirò qualche cosa anche di lui; ma ora inginocchiamoci, perché siamo all'elevazione.»

Tutto il popolo si prostrò in un solenne raccoglimento, e l'organo, allargandone il tempo, travestì da adagio maestoso l'allegro del Trovatore: «Di quella pira l'orrendo fuoco».

Alla cerimonia della consacrazione tenne dietro il solito rumore confuso di stropiccio di piedi, di tintinnìo di medaglie e l'indispensabile scarica di tossicone generale. E l'aria si faceva sempre più pesa e nauseante, quando il medico riattaccò sotto voce la conversazione.

«E il fratello del sor Cosimo, detto di soprannome Cotenna, è quel tale che, nientemeno...» E qui mi si accostò all'orecchio e mi disse:

«...».

«Andiamo!», esclamai meravigliato. «Tutti i giorni?!»

«Sulla mia parola d'onore!»

Il sor Cosimo mi sorrideva in fondo alla chiesa e mi accennava all'organo come per dirmi: «Ha sentito, eh? che razza di strumento e che sonatore!».

«E quello con quel ciarpone di seta nera al collo, che è inginocchiato accanto al sor Cosimo», continuò il Dottore, «è lo Stelloni mugnaio, assessore della pubblica istruzione. Il sor Cosimo lo prescelse alla carica, perché, vista l'antipatia che fin da bambino lo Stelloni aveva dimostrato per le scuole, poté tranquillizzare il Consiglio che lui delle spese inutili non ne avrebbe fatto fare. E l'assessore Stelloni, fedele al suo mandato, non ha mai messo piede in una scuola. Lui dice per non compromettersi, perché le cose non vanno a modo suo; la canaglia dice che ha paura di dovere interrogare i ragazzi. È un buon diavolo, però, e non ha odio con altri fuori che col maestro comunale, quel giovanotto pallido lì dalla piletta, perché sopra un componimento del suo figliolo corresse appetito divoratore dove era scritto appetito divoratrice. Lo Stelloni lo compatì benignamente finché la questione rimase dubbia; ma quando fu accertato che il maestro aveva ragione, il benigno compatimento dell'Assessore si convertì in odio implacabile, e ora cerca tutte le gretole per poterlo mettere nella strada a morire di fame.

Quel vecchietto magro, in capo fila a destra, è uno dei più ricchi possidenti del paese, cavalocchi e notaro in ritiro e già Sindaco prima del sor Cosimo. La sua passione è di schiacciare le noci colla testa e di contraddire sistematicamente in Consiglio tutto quello che il signor Cosimo propone. Si è immortalato con due iscrizioni che ha fatto porre col proprio nome in lettere maiuscole durante la sua gestione: una al pozzo pubblico quando ci fece mettere la pompa, e un'altra, che eccola laggiù dove è quello scalcinato, quando fece ridorare a sue spese il ciborio alla cappella de' sette dolori. Braccò il sindacato per far passare un braccio di strada obbligatoria dalla sua villa; ma poi, non avendola potuta ottenere ed essendogli stata imbiancata la proposta pel cavalierato, si ritirò fremendo, e ora si sfoga a fare opposizione in Consiglio, manda via un contadino l'anno e dice ira di Dio del Governo in ogni occasione, non esclusa quella che la brinata gli sciupi nell'orto i pomodori primaticci.»

«E tu sei alle mani di questa gente!», osservai.

«Sono alle mani di questa gente.»

L'«Ite, missa est» interruppe il nostro colloquio. Il Proposto delle Sièpole lo annunziò a occhi chiusi, a giugulari iniettate e a gote livide sull'ultimo, sollevando la testa per trovare note di voce più poderose, in mezzo agli altri preti che stavano reverenti ai suoi fianchi. E se lo patullò per due minuti buoni, finché dopo un i... i... i... i... che pareva non dovesse finir più, rotolò sfiatato: «issa est».

Il sagrestano s'avventò collo spegnitoio alle candele; i preti allicciarono verso il desinare, e il popolo, dopo un breve raccoglimento, s'affollò alla porta per uscire.

Quando fummo sotto il porticato, il medico mi lasciò subito per fuggire l'incontro de' suoi padroni, non senza avermi prima ripetuto caldissimamente che dopo desinare fossi andato da lui, che mi avrebbe accompagnato alla stazione e che aveva cose importantissime da dirmi.

Il sor Cosimo venne correndo a ritrovarmi, accompagnato da varie persone alle quali mi presentò, dandomi di gran manate sulle spalle, scansando il lei e dicendomi un monte di villanie per dare a credere che con me ci aveva confidenza. Aspettammo un momento il Cappellano e le donne, e tutti insieme ci avviammo, come disse il sor Cosimo e ripeté la signora Flavia, a far penitenza.

Al momento d'andare a tavola il sor Cosimo mi disse, dandomi uno strizzone: «Oggi si deve stare allegri! Bravo, bravo, bravo!». La signora Flavia mi ripeté per la sesta volta che avrei fatto penitenza, perché non avevano alterato per nulla il solito desinare delle altre domeniche.

«Dio mio!...», esclamai, fingendomi di esser mortificato, ma in realtà perché non ne potevo più di ogni cosa. E con la signorina Olimpia che ci precedeva sculettando, dopo avermi presentato un'occhiatina ladra e un mazzetto di gelsomini, entrammo nel salotto da pranzo, tutto parato per le grandi occasioni, in un ambiente odoroso di biancheria, levata allora allora di fra le mele cotogne e lo spigo.

«Ecco qui», ribatté il sor Cosimo, «noi non si fa complimenti; un po' di minestra, un po' di lessuccio, du' altri gingilli come il solito, e s'è finito.» Si segnò e recitò il Benedicite.

Il bambino, che appena entrato in salotto era rimasto a bocca aperta guardandosi d'intorno, quando ebbe visto i preparativi tutti e specialmente una tavola in disparte tutta piena di crostini, dolci e bottiglie, non poté più reggere, e, rivolgendosi a me, urlò battendo le mani sulla tavola:

«O Dio, bene! Guardate, oggi che ci siete voi, quanta bella roba c'è!».

Il signor Cosimo gli lasciò andare un calcio di sotto la tavola, che per fortuna non lo prese; ma fra i commensali si sparse istantaneamente un silenzio glaciale.

Le donne sospirarono; gli uomini rimasero a guardare il bambino con due occhi da incenerirlo, e io mi voltai al signor Cosimo a domandargli che cosa il bambino aveva detto. Il mio stratagemma riuscì perfettamente, e tutte le fisionomie erano già rasserenate quando comparve Gostino in maniche di camicia a mettere in tavola la zuppiera.

La signora Flavia lo chiamò subito e gli disse qualche cosa all'orecchio. Al fritto Gostino tornò con la cacciatora e col cappello in capo. La signora Flavia lo chiamò di nuovo, e quando tornò col lesso comparve senza cappello. interrogando con gli occhi la padrona come per domandarle: «Ora va bene?». La signora Flavia gli rispose di sì col capo; ma il signor Cosimo gli disse con un'altra occhiata che quelle cose avrebbe dovuto saperle da sé. Gostino con una spallucciata gli fece capire che l'avevan seccato, e mi disse che pigliassi un altro po' di pollo.

Questa gentilezza di Gostino fu il segnale dell'attacco. Il vino aveva cominciato a rallegrare la comitiva e più che altri il sor Cosimo. Un contadino venne a dire che al paretaio del signor Cappellano avevano fatto un tiro di sette frusoni, per cui anch'egli rallegrò il suo umore, e mi trovai investito allora in pieno dalla spaventosa valanga delle cortesie di cotesta buona gente.

Gostino mise a sdrucciolo il piatto del pollo sul mio, e giù una frana di ciccia da sfamare un can da pagliaio, fatta rovinare dalla forchetta del sor Cosimo e da una gran manata del Cappellano nel gomito di Gostino.

«Non lo finisco.»

«Senza pane, permio!»

«È impossibile.»

«Dunque è segno che il pollo non gli piace!» E giù, anche una targa di manzo. E bisognò che mangiassi ogni cosa, tormentato a doppio dal pensiero che ancora non s'era a nulla! Infatti cominciò subito la succulenta dinastia degli umidi. Sette ne comparvero! Due di pollo; uno di vitella di latte; due di carne grossa; uno d'animelle, e l'ultimo di tacchino coi maccheroni... Scoppiavo!... E bisognò assaggiarli tutti!... tutti! Quello bisognò prenderlo perché era col cavol fiore, una primizia! quell'altro perché se no si sarebbe guastata la relazione; questo perché è con gli spinaci che ora sono una rarità; quest'altro perché ci ha fatto la salsa la signora Olimpia... Dio signore! non ne posso più. E crepavo di ripienezza e di caldo, e, come se tutto il resto non bastasse, le mosche insistenti dell'autunno mi finivano di conciare impaniandomisi al sudore che mi colava a gore giù per le gote!... E il sor Cosimo, sempre più feroce, m'assaliva con una cucchiaiata d'erba perché era roba leggiera, e il prete con una stiappa di ciccia che mi buttava nel piatto da lontano; e in quel tempo Gostino badava a predicarmi di dietro che non mangiavo nulla, e la signora Flavia a lamentarsi che non mi fosse piaciuto il desinare!

«Ecco l'arrosto! ora siamo in fondo; coraggio!» Ma coll'arrosto cominciarono le bottiglie. Il prete n'agguantò per il collo una di vin santo, il sor Cosimo una d'aleatico e Gostino una di vermùtte spumante.

«Aspettate! no... no... aspettate, Gostino!», gridavano le donne parandosi coi tovaglioli. E il sor Cosimo, posato l'aleatico:

«Ah! permio!», esclamò, «qua, qua, mi ricordo dell'altra volta. Guardi», volgendosi a me, «guardi che chiosa nel soffitto. Ora sentirà che lavoro è questo. Qua, qua, Gostino, la voglio stappare da me».

Il sor Cosimo in piedi, con la bottiglia spianata, cercava un posto nella stanza dove rivolgerne impunemente la bocca, ma non lo trovava. Su c'era il soffitto dipinto; giù la stoia nova; di faccia le donne che s'eran buttate il tovagliolo in capo e si tappavano gli orecchi con le dita; a destra il prete e la credenza bona...

«Alla finestra, sor padrone!», gli gridò Gostino.

«Bravo Gostino!» E andò alla finestra dove, dopo che ebbe lavorato un pezzo, adagio adagio e colla massima precauzione, si sentì a un tratto un gran:

«Giurammio! o come mai?...». E per assicurarsi meglio continuò a mandare in su col dito pollice il tappo che finalmente cascò a piombo ai piedi del boia come la testa d'un decapitato.

«Un'altra, Gostino; subito!» E quell'altra venne; ma appena tagliato lo spago, fu una catastrofe. Il vino schizzò via soffiando come un gatto arrabbiato; e il sor Cosimo che girava in tondo per scansare ogni cosa, infradiciò invece ogni cosa, fra i sagrati del Cappellano che aveva avuto una zaffata nella nuca e gli strepiti delle donne che s'eran ficcate col capo sotto la tovaglia.

«Un'altra, Gostino!»

«Cosimo, per carità!...», esclamaron le donne.

«Mi parete diventato un ragazzo!», brontolò don Paolo. Ma il sor Cosimo ormai, visto compromesso il suo decoro di enologo premiato da se stesso alla mostra che fecero per la fiera anno di là, voleva andare in fondo, e ci arrivò finalmente con onore. Gostino portò una terza bottiglia, la quale lavorò stupendamente, e la pace fu ristabilita.

Ma la tempesta delle gentilezze si scatenò addosso più furibonda che mai dopo il buonumore suscitato nei miei aggressori dalla riuscita dell'ultima bottiglia. Mi trovai il piatto pieno a cupola di uccelli che mi piovevan da tutte le parti; e uno me ne tirò nel viso il bambino fra le risate dei parenti che restarono sorpresi dello spirito di quel ragazzo. E anche quelli mi toccò mangiarli!...

«Senza pane!»

«Sissignore; accidenti a' fornai!», dissi ridendo in un certo modo che doveva parere che volessi mordere. La signora Olimpia volle poi che accettassi da lei una stipaiola.

«Un uccellino di becco fine, signore», mi disse, «è tanto delicato!»

«Da lei, signorina, non posso ricusarlo.»

«È l'ultimo!» gridai nel fondo del petto, «sacrifichiamoci per uscirne.»

«Grazie, signorina; ma si accerti che faccio un gran sacrificio.»

«Gliene sarò riconoscente per tutta la vita.» E guardò sorridendo dietro alle mie spalle. Mi voltai e vidi il Cappellano che, branditi due bravieri per le zampe, rigido come la statua del Fato, me li affondava nella faccia, dicendomi freddo e arcigno:

«Questi non li rifiuterà di certo. Gli ho presi io stamani, e freschi e grassi così, lei a Firenze non li trova; o, se li trova, per meno di quattro palanche l'uno non glieli dànno».

Me li posò nel piatto e rimase a guardarmi con gli occhi stralunati da un accesso di simpatia avvantaggiata dall'ultimo bicchiere d'aleatico, che secondo me, cominciava a lavorare a vele gonfie. Poi venne l'insalata coll'ova sode, poi le frutta, poi i dolci, poi altre bottiglie, eppoi... perdio! fu finita. Ma credo che anche i miei vincitori avessero poco da cantar vittoria. Era uno sbracalìo generale di calzoni, di panciotti e di fascette: sbuffate da tutte le parti e ceffi infiammati e occhi rossi, tranne la signora Olimpia, la quale, vivendo tutta di spirito, s'era mantenuta inalterata, posando sempre in attitudini soavi e mostrando qualche volta, nei momenti più serî, una gentile pietà per la mia posizione.

E i nostri discorsi durante il pranzo? Nulla! Fu una lotta sorda e continua di offerte, di repulse e di nuove offerte; di «pigli» e di «grazie»; di «lei non mangia, lei non beve», e di risa sgangherate tutte le volte che avevano inventato un nuovo tranello per farmi scoppiare.

«Le poesie, Olimpia, le poesie!», urlò il signor Cosimo alla sorella, «il sonetto del Calamai!»

Io mi volsi subito alla signora Olimpia per leggerle negli occhi la gravità di quello che mi minacciava; e la vidi atteggiata a una espressione che mi fece pena. La signora Flavia mi destò lo stesso sentimento e perfino nella faccia del bambino mi parve di scorgere qualche cosa che sapeva di paura. Guardavano tutti il signor Cosimo in aria pietosamente interrogativa, eppoi si volgevano in un punto verso il fondo della tavola, alla sua destra.

In quel tempo il signor Cosimo chiamò con voce alterata Gostino, il quale comparve con due contadini, che, agguantato don Paolo sotto le braccia, lo trascinarono quasi di peso fuori della stanza. Io m'alzai di scatto per prestarmi in aiuto; ma il sor Cosimo mi trattenne dicendomi in aria mista di dolore e d'umiliazione che non mi spaventassi perché era cosa consueta.

«Fra un paio d'ore non è altro. Insulti di core. Quando lui s'aggrava un po' di cibo...»

«Ma perché non cerca di moderarsi?» Il sor Cosimo si rinsaccò nelle spalle.

«E gli accade spesso?», domandai.

«Tutti i giorni, povero zio!», mi rispose la signora Olimpia. «Ah! è un grand'incomodo quello!»

«E il medico che dice?»

«Ah!», esclamò il sor Cosimo. «Giusto! lei lo conosce quel... quel... Il medico ride, glielo dico io quel che dice il medico: il medico ride; e quando si mandò a chiamare la seconda volta per una di queste solite mancanze, dopo che gli ho fatto avere io la condotta, io capisce? io gliel'ho fatta avere! ebbe l'audacità di dire a quel pover'omo: "Cappellano, un'altra volta l'annacqui". Ha capito cosa dice il medico? Ma in casa mia non ci ha messo più piede, e spero bene... eh, Flavia?»

Gostino venne a dire qualche cosa nell'orecchio al padrone, il quale gli rispose indispettito che ci buttasse un po' di segatura, che ci ripulisse subito e la facesse finita.

«Ooooh! allora allegri, perché tanto non è nulla, Flavia, il caffè dove ce lo dài? qui o nell'orto?»

«Lasceremo decidere al signore.»

«Nell'orto, nell'orto!», dissi subito io, desideroso d'uscire da quelle strette e di godermi una boccata d'aria autunnale, tanto più che, a maggior contrasto col mio compassionevole stato di prigioniero, era una giornata incantevole. E da due ore invidiavo i fringuelli del paretaio, che si sentivano nel poggio di faccia tirare i loro versi boscherecci, e le lodole di passo che trillando si allontanavano giù nella caligine del piano dalla parte di mezzogiorno.

Il signor Cosimo si allontanò dicendomi che tornava subito. La signora Flavia corse dietro a Gostino che era venuto a chiederle le chiavi della legnaia; il ragazzo s'era addormentato attraverso a due seggiole, e anche la signora Olimpia mi lasciò frettolosamente, dicendomi che una forte necessità la costringeva ad allontanarsi.

Ma io non connettevo quasi più. Gonfio come un rospo e con un cerchio di ferro alla testa, accesi un sigaro, allungai le gambe sotto la tavola, e mi lasciai andare col capo all'indietro sulla spalliera della seggiola, dove avrei schiacciato tanto volentieri un pisolino, perché proprio ero fatto. Quando sentii una gran strappata al campanello che avevo suonato io la mattina arrivando, e i miei ospiti, meno don Paolo, tornarono di corsa nella stanza, annunziandomi che c'era que' signori al cancello dell'orto e che bisognava andargli incontro.

«Vengo, vengo subito», dissi quasi in sogno; e mi mossi automaticamente dietro a' miei ospiti. Gostino s'avviò di corsa ad aprire, e vidi venire avanti, su pel viale, un gruppo sciamannato di cinque persone, tre preti e due secolari rossi come gallinacci, che urlavano e smanacciavano gesticolando come anime dannate, mentre una turba di ragazzi e di contadini erano rimasti di fuori, parte arrampicandosi sul cancello e parte col capo tra i ferri, a guardare a bocca aperta quello che si faceva dentro.

Il sor Cosimo mi prese per un braccio, e portandomi avanti, mi presentò al Proposto delle Sièpole, poi al suo Cappellano e al Piovano del luogo, e da ultimo all'assessore Stelloni e al Segretario comunale.

Fummo subito condotti sotto la pergola dove i contadini avevan disposto delle sedie intorno a una tavola di pietra, e dopo poco arrivò Gostino, colle maniche rimboccate perché aveva principiato a rigovernare, a portarci il caffè. Pareva che la conversazione avesse dovuto continuare animatissima; ma invece si raffreddò per una certa soggezione credo, che io forestiero davo a' quei signori; e fu uno stento di domande brevi e di risposte a monosillabi, finché il Segretario non entrò negli affari del Comune. Prima un po' di maldicenza, eppoi tirò fuori due fogli da far firmare al sor Cosimo, il quale chiese subito a Gostino il calamaio. Firmò mettendosi gravemente gli occhiali, e dopo rimase qualche momento a guardare di traverso la propria firma con quell'aria dell'uomo soddisfatto che dice a chi lo sta a vedere «Ma che ne sistemo uno, io, degli affari in capo all'anno!?».

«E il vaiolo, Stelloni?»

«Pare che si promulghi sempre di più, caro signor Cosimo. E, quel che è peggio, si fa maligno», rispose lo Stelloni, tirando in su col naso e accavallando le gambe. E qui il colloquio cominciò a farsi animato. E quasi che lo Stelloni con quel «promulghi» avesse gettato la prima pietra d'un grande edifizio, il Proposto delle Sièpole cominciò a parlare de' suoi fiori estatici, che lui li aveva già messi in casa per paura delle brinate. Il suo Cappellano mi disse che lui non era agrario, perché limoni nell'orto non ce n'aveva mai tenuti; e lo Stelloni mi fece anche sapere che qualche anno fa andava molto a caccia, ma ora s'era fatto astemio, un po' perché le gambe non gli dicevano più il vero, e un po' perché il su' cane più bravo era rimasto alienato nella vista degli occhi, pare, dal grand'umido preso in padule. Riguardo a scuole miste mi osservò che eran molto economiche; ma che a lui quel misticismo di maschi e di femmine tutti insieme non gli garbava né punto né poco. Il signor Cosimo, poi, per non restare al disotto, deplorò di non potermi far vedere gli scherzi acquatici che aveva fatto intorno alla vasca, perché le chiavi dei macchinismi le aveva nel cassettone don Paolo.

La signora Flavia ci guardava smemorata, con gli occhi tra 'l sonno, che spalancava tutte le volte che veniva più forte il rumore de' cocci dalla cucina dov'era Gostino a rigovernare. E la signora Olimpia, forse disgustata da quella conversazione indegna di lei, girellava pel giardino, accarezzando con lo sguardo i suoi fiori, finché fermatasi davanti ad una rosa d'ogni mese, tra le cui foglie due api si abbaruffavano dolcissimamente:

«Cari insetti!», esclamò.

> «E suggendo un breve istante
> Ora questo, ora quel fiore,
> Nauseata, disprezzante...
> Ahi! dicea...»

«Sempre poetessa la signora Olimpia», gridò il Proposto delle Sièpole, «sempre poetessa! Son suoi cotesti versi, signora Olimpia, son suoi?»

«Ora poi, Olimpia, non se n'esce, se no si fa tardi», saltò fuori il sor Cosimo. «Il sonetto del Calamai, e subito, perché quello è una bellezza...»

«È una meraviglia», osservò il Proposto. «E io, guardi, l'ho qui... l'ho tutto qui, che lo ridirei come se l'avessi davanti stampato... Non n'ho sentiti altri!

Gioisci, o giovin garzon: t'attende intanto
Il divin Paracleto...»

«Ah! perdio!...»
«Bacco!»
Il Proposto delle Sièpole dette un'occhiata in tralice al Cappellano; e la signora Olimpia si preparava a dire il sospirato sonetto, quando s'affacciò all'uscio di casa don Paolo con gli abiti, le braccia, la bocca, gli occhi, i capelli e ogni cosa a grondaia, che si fermò sulla soglia a guardare fisso in terra. Tutti gli andammo incontro a congratularci e a domandargli come stava...
«Còre, signori miei, còre.» E si portava le mani alla parte sinistra del petto, strizzando gli occhi e accennando a bocca stravolta come una puntura che gli levava il respiro. E:
«Alla tesa, Cosimo, hanno fatto altro?».
«Altri cinque, don Paolo!», gridò Gostino di cucina.
«Cinque? Dunque siamo arrivati a quindici oggi!», gridò don Paolo, rianimandosi come per incanto.
«Gostino, la mazza e il cappello.»
Il sor Cosimo ci fece d'occhio per dirci che bisognava andare alla tesa anche noi; un'attenzione che sarebbe stata graditissima al suo fratello. Ma i tre preti, adducendo che fra poco sarebbe sonato a vespro, si disimpegnarono bravamente, e andammo noi quattro: il sor Cosimo, il Segretario, l'assessore Stelloni e io, con gran compiacenza di don Paolo, il quale, precedendoci a sbalzelloni, mi raccontava che aveva fatto serbare un bel frusone maschio pel Priore di San Gaggio e che io gli avrei fatto il favore di portarglielo.
Ma il tempo passava, eran già sonate le tre; alle sei il treno partiva, dal paese alla stazione c'eran tre quarti d'ora e io volevo, volevo in tutti i modi stare un po' col mio amico dottore, volevo sentire quel che aveva da dirmi, volevo rinfrescarmi l'anima nei ricordi della nostra giovinezza, volevo, sopra tutto, liberarmi da quella tortura che da qui avanti cominciava un po' troppo a passare la parte.
«Io... signor Cosimo, mi scusi, ma ho necessità di arrivare in paese.»
«Le occorre qualche cosa?»
«Sì... non ho più sigari.»
«Eccogliene mezzo!», mi disse a bruciapelo l'assessore Stelloni.
«Ma... avrei anche da scrivere una cartolina...»
«Badi», osservò il Segretario, «che ora l'appalto lo troverebbe chiuso.»
«Gliela do io, e la scrive ora quando si torna a casa», mi disse il sor Cosimo.
Era inutile! Dirgli che avevo un appuntamento col medico era lo stesso che tirare uno schiaffo ai padroni di casa.
«Andiamo alla tesa. Ma se non dispiacesse a questi signori, vorrei far presto.»
«In una mezz'ora si va, si sta e si torna», disse don Paolo. E su, come pecore dietro a lui che, rimettendosi a vista d'occhio dell'insulto di cuore, animato dalla sua passione, ci faceva sfiatare su per una viottola tutta sassi e ripida come un calvario.
Al capanno accadde una scena violenta perché trovammo il tenditore addormentato. Si stette lì una mezz'ora senza prender nulla, in tempo che don Paolo, senza mai levar gli occhi dal finestrino e dicendo ogni tanto: «Zitti, ecco roba!», non si chetò mai a raccontarci sotto voce tutti gli importantissimi perfezionamenti che aveva introdotti nel suo paretaio, e finalmente, quando Dio volle, si venne via.
Ma non tornammo diritti a casa, perché il sor Cosimo volle farmi vedere la coltivazione nuova, eppoi il bosco disfatto; e di lì don Paolo volle passare dal paretaio vecchio per farmi fare il confronto con quello nuovo. Lo Stelloni, per quattro passi di più volle che arrivassimo in cima al poggio per farmi vedere di lassù la sua casa; e chi sa dove diavolo m'avrebbero menato, se le campane benedette non cominciavano a sonare a vespro fitte fitte.
E allora tutti giù a gran furia, perché senza il sor Cosimo e senza lo Stelloni, in coro non avrebbero neanche principiato. A casa bisognò ribere; le donne ci aspettavano già preparate; Gostino domandò per che ora doveva esser pronta la cavalla, e andammo al vespro a passo rinforzato perché s'era fatto tardi.

Nell'attraversare la piazza, in mezzo al gruppo dei miei ricattatori, avendo a braccetto la signora Olimpia, vidi da lontano il medico sulla farmacia, che mi faceva cenno come per domandarmi:
«O dunque?».
Io gliene feci un altro come per rispondergli:
«Non so se mi spiego!».
Scosse la testa sorridendo e riprese la conversazione interrotta con un contadino che gli sedeva accanto.
In coro mi piantarono nel posto d'onore in mezzo al gruppo dei cantori, e lì sbercia che ti sbercio, e zaffate d'aglio stantìo, e urli a bruciapelo, che parevan legnate nelle tempie. E anch'io in mezzo a quegli energumeni, cominciai a boccheggiare dietro ai cantori, tanto per dare un po' di soddisfazione ai contadini che a occhi sgranati, in giro in giro al leggìo, stavano a guardarmi senza batter ciglio, aspettandosi di certo da me qualche cosa di strepitoso come, in quella occasione, avrebbe dovuto fare un forestiero per bene. Ma ero fioco in verità, e anche il sor Cosimo mi tenne scusato quando rifiutai di entrare terzo con lui e lo Stelloni nelle antifone.
E i miei ammiratori devono esser restati male sul serio allorché, stando sempre a guardarmi dopo che era finito ogni cosa, mi videro sfilare con gli altri in canonica, dove il Piovano volle per forza, se no se ne sarebbe avuto per male, che si pigliasse un dito d'aleatico.
Il Proposto delle Sièpole attaccò la briscola con tre contadini, e noi ci movemmo per venircene...
«A meno che», mi disse il sor Cosimo, piantandomisi in faccia a squadrarmi con occhi supplichevoli, «a meno che per una nottata, lei non voglia...».
«E impossibile!» E lo dissi con tanta forza che dopo me ne rincrebbe, perché a questo rifiuto che gli tirai in faccia come un insulto, rimase lì mogio mogio senza alitare.
«Non credevo... d'averlo offeso... mi scusi.»
Povero diavolo! aveva ragione. Gli feci due carezze scherzevoli, e mi ci volle poco a rimettergli l'animo in pace. Infatti, appena usciti sul cimitero, si fermò al primo banco di brigidini e volle per forza empirmi le tasche, ficcandoceli da sé a manate.
L'ora si faceva tarda. Attraversando di nuovo la piazza, il dottore mi salutò accennandomi che ormai ci saremmo riveduti a Firenze e tirai avanti come un reo d'alto tradimento che di mezzo alla forza vede i parenti e gli amici che gli tendono addolorati le braccia, e non gli è concesso né un bacio né un abbraccio prima di lasciarsi forse per sempre. Mi voltai indietro e vidi da lontano l'amico che mi diceva: «Addio, addio!».
Gostino aveva già attaccato, e a quella vista mandai un sospiro di tale compiacenza che mi parve di sentirne subito i benefizi anche nel fisico. E veramente ne avevo bisogno perché ero in uno stato da far compassione. Non mi reggevo quasi più ritto da quel moto ozioso e continuo di tutta la giornata; non stavo bene di stomaco e la ragione si capisce; la testa mi bruciava e me la sentivo come impiombata.
Oh! casa mia, casa mia!...
Ma il sospiro m'ebbe a restare attraverso quando, nel tempo che m'accomodavo sul calesse la signora Flavia mi si accostò tranquilla tranquilla, e cominciò a dirmi, stando gli altri di casa immobili a sentire:
«Ecco, giacché lei è tanto garbato, vorrà farci un piacere. Guardi, qui gli ho fatto anche la noticina perché non s'abbia a scordare di nulla». E lesse alla luce del crepuscolo:
«1° Portare da quell'occhialaio dal Canto alla Paglia gli occhiali della sora Amalia perché ci rimetta il vetro rotto... Gli ha in tasca Gostino e alla stazione glieli darà.
2° Quattro metri... o se no sette braccia... come crede meglio... di roba come quella del su' vestito, e mandarla giovedì per il procaccia...».
«O della pania gliel'avete messo, Flavia?»
«Ci ho messo tutto. Ora state zitto... per il procaccia che rimette subito fuori della porta San Frediano dove sopra c'è scritto: Rimessa e stallaggio.»
«O del vino?», domandò il sor Cosimo.
«Eccolo qui subito:
3° <I>Dire allo Scatizzi vinaio di Borgognissanti - lei lo conoscerà di certo - che se volesse un 'altra barrocciata di quel vino, ora ci sarebbe».
«Ma dunque della pania e del frusone ve ne siete scordata!», disse impaziente don Paolo.

«Eccovi servito anche voi:
4° Tre libbre di pania da quello in quella traversa di via Calzaioli che va in Ghetto... Il pentolo l'avete messo in cassetta, Gostino?».
«Sissignora; ma si spiccino, se no si fa tardi.»
«5° Un frusone da portarsi al Priore di San Gaggio. L'avete preso, Gostino?»
«Padron Paolo, sì. È lì sotto legato alla sala.»
«E me lo saluti, sa?», mi disse don Paolo; «e glielo dica che io n'ho presi quindici oggi, e che mi mandi a dire che cosa fanno a quelle tese laggiù.»
«E qui», disse la signora Flavia, accennandomi un fagotto voluminoso dietro al calesse, «qui gli ci ho messo un po' d'insalata di campo, che lei ha detto dianzi che anche a casa sua gli piaceva tanto.»
«Ma io... veramente... Grazie, signora Flavia... grazie, signori...»
«E questo», accostandomisi la signorina Olimpia, «questo vorrà tenerlo per mio ricordo.» E mi consegnò un foglio piegato in quattro, stringendomi con tre scosse la mano, e: «Buon viaggio!...».
«Salute, salute, signori!...»
«Arrivederlo.»
«Buon viaggio.»
«Si ricordi di noi.»
«Ci compatisca.»
«Torni presto...»
«Salute, signori, salute!»
Gostino dette un pizzocotto alla cavalla, e via di galoppo.
«Aaaah! Come va, Gostino?»
«Come vòl che vada? Dieci lire al mese, eppoi vorrebbano anco la pelle, Dio der Cielo!»
«Bella serata!»
«Il tempo è bono, sissignore.»
Appena fuori del paese, detti un'occhiata al ricordo della signorina Olimpia, e lasciai libero il petto a una di quelle risate capaci di rimettere a nuovo un cristiano. Era l'autografo del sonetto di quando vestirono abate il figliolo del Calamai.

FINE